BADEY/KÜHN

STROM
AUF DER
TAPE

Der Roman *Strom auf der Tapete* wurde mit
dem Peter-Härtling-Preis ausgezeichnet.

BADEY/KÜHN

STROM AUF DER TAPETE

Roman

GULLIVER
von BELTZ & Gelberg

Für meinen Vater Wolfram, der ohne Rolli »tutti completti« unabhängig ist.

Für meine Freundin Leonie, die Ron Robert heiraten wird. Wahrscheinlich.

MIX
Papier aus verantwortungsvollen Quellen
FSC® C089473
FSC
www.fsc.org

Dieses Buch ist erhältlich als:
ISBN 978-3-407-74895-9 Print
ISBN 978-3-407-74671-9 E-Book (EPUB)

in der Verlagsgruppe Beltz • Weinheim Basel
Werderstraße 10, 69469 Weinheim

Lektorat: Eva-Maria Kulka
Neue Rechtschreibung
Einbandgestaltung: Cornelia Niere, München
Satz und Layout: Sarah Veith
Gesamtherstellung: Beltz Grafische Betriebe, Bad Langensalza
Printed in Germany
1 2 3 4 5 22 21 20 19 18

Weitere Informationen zu unseren Autor_innen und Titeln finden Sie unter: www.beltz.de

FÜNFUHRZWEIUNDDREISSIG

Ich fliege.

Unter mir eine Meute Wölfe. Mit aufgerissenen Mäulern springen sie jaulend und hechelnd im Kreis. Ihre Blicke zielen nach oben. Zu mir, in den Himmel.

Sie warten nur drauf, dass der Fleischbrocken da oben schlappmacht, damit sie ihn sich holen können. Aus ihren Schnauzen tropft der Geifer, gierig warten sie auf ihr Futter. Kurz bevor mich die Kraft verlässt, wache ich auf, schwitzend, hechelnd wie die Meute in meinem Traum.

Das Laken in meinem Bett ist klatschnass, wie früher, wenn Peggy vergessen hat, mir eine Windel umzubinden. Früher, als ich mir noch regelmäßig nachts in die Hose gepisst habe. Lang ist's her.

Wenn diese Scheißträume nicht aufhören, werde ich mir irgendwann da oben in die Hose machen. Im Himmel. Das ist Fakt. Und dann?

Wird es Pisse auf die Wölfe regnen. Vielleicht hauen sie dann endlich ab.

Trotz allem muss ich grinsen.

Es ist stockdunkel und ich knipse die Nachttischlampe an. 5:34 Uhr. Die Nacht geht mal wieder früh von Bord, an Schlaf ist jetzt nicht mehr zu denken. Ich versuche, den Zeiger der Stressuhr in meiner Birne umzulegen.

Ich habe eine Uhr in meinem Kopf. Eine, die tickt und Meldung macht. Aber nur einen Zeiger hat. Der geht vor und zurück. Und zwar exakt.

Von eins bis drei ist alles richtig tutti. Zwischen zehn und elf heißt höchste Alarmbereitschaft. Bei zwölf geht nix mehr. Davor ist alles möglich.

Vier – so fühle ich mich gerade – ist aufsteigend nervös, aber noch keine Panik. Bis vier habe ich alles relativ im Griff. Relativ. Ab sechs, sieben ist zunehmende Panik angesagt.

Ich will zurück auf zweieinhalb, mindestens. Eins ist vollchillig. Kenne ich nicht.

Ich atme etwas ruhiger. Geht doch. Langsam komme ich hoch, stehe auf und schaue aus dem Fenster. Es ist stockdunkel. Draußen setzt sich gerade sehr gemächlich der Frühschichtbus in Richtung Kunststofffabrik in Bewegung, exakt eine Minute zu früh. Es ist 5:36 Uhr. Ich kann nicht erkennen, ob der Bus voll ist, die Scheiben sind beschlagen. Um die Zeit ist er aber immer überfüllt. *Schweigende Männer auf dem Weg in die Hölle.* Na ja, Peggy übertreibt.

Es ist kalt. In meinem Zimmer. In mir drin. Alles ist wie immer, auch heute.

Ich hab noch eine Menge Zeit, ehe mein 7:16er-Bus fährt, mit dem ich überpünktlich in die Schule komme.

Mein Blick wandert durchs Zimmer: schmales Bett, darüber ein Poster mit dem neuesten BMW-Modell, ein Geschenk von Muckimann Bert. Fand ich eigentlich klasse, als er damit ankam, gleich am ersten Tag, obwohl ich BMW mal grundsätzlich scheiße finde. Ich habe mir aber nichts anmerken lassen und Peggy hat sich gefreut. Und darüber habe ich mich wieder gefreut. Da wusste ich aber noch nicht, dass Muckibert bleibt.

Dann ein Schrank, ein kleiner Tisch, ein Stuhl. Mehr brauche ich auch nicht. Und mein Materiallager. Mein gut gefülltes Regal, mein Überlebensdepot. An- und Verkauf Ron Robert Ranke: Er hat's oder besorgt's.

Ich streife mir die Socken über. In der Mitte vom Fuß geht's nicht weiter. *Mann, ist der Kleine groß geworden.* Ich mustere mein vollgestopftes Depot an der Wand. Keine Socken, aber Mischgemüse aus der Schulkantine, Ravioli und Fliegerschokolade, die Klamotten aus dem Armeelager, ein Trainingsanzug, unbenutzt. Auch vor den Regalen liegt ziemlich viel rum. Eines der Regalfächer ist ultraordentlich, fällt auf und macht richtig was her: meine gesammelten Matchbox-Autos, in Reih und Glied. Da herrscht voll die Systematik. Mit dieser Sammlung könnte ich bei eBay Kasse machen. Würde ich aber nie tun. Alles andere ja, aber nicht die Matchbox-Sammlung.

Dann: bergeweise Klopapier. Ist letzte Woche der Bushäuschenkaiserin an der Tanke vor die Füße gefallen. War ein Lkw aus Polen, die sind oft schlecht gesichert. »Manchmal hat so ein Grenzgebiet auch Vorteile«, hat sie gesagt.

Als ich mir den Weg freischaufle, falle ich über eine Palette Büchsenmais. Geschenk von der Kantinenköchin, war abgelaufen, ist aber noch genießbar. Neulich hat die Englischpaukerin erzählt, dass auf den Ami-Konserven *best before* steht. Das hat mir gefallen. Da sagt niemand: abgelaufen, also ab in die Tonne, sondern die sagen dir einfach, wie lange es richtig gut ist und dann vielleicht ein bisschen weniger gut. Aber jedenfalls nicht schlecht. Diese Info hat mein Materiallager irre bereichert und meine Verkaufsquote in die Höhe katapultiert.

Peggys Schlafzimmertür geht auf. Verschlafen stolpert sie in einem dünnen, fast durchsichtigen Fetzen über den Flur, zum Bad. Der Fetzen soll wohl ein Nachthemd sein, quietschgrün mit Punkten.

Wenig später höre ich die Klospülung.

»Was machst du, Dicki?«

»Siehst du doch.«

»Schon wieder Inventur?«

Peggy bringt ein verrutschtes, irgendwie verschwörerisches Lächeln zustande, zwinkert mir zu, und für einen Augenblick denke ich, dass sie mich jetzt umarmen wird. Von der Logik her wär's jedenfalls passender als heute Nachmittag in der Schule. Obwohl ich's ja eigentlich gut fände; aber eben nicht vor den andern.

»Käffchen?«, frage ich leise in die Stille hinein.

Ehe Peggy antworten kann, läuft Muckimann Bert über den Flur, nackt, tätowiert und überflüssig.

Peggy guckt mich an, in dem Blick liegt ein kleines schlechtes Gewissen. Dann fängt sie sich aber gleich wieder und schaut leicht verpeilt durch das Zimmer. Zuletzt auf das

Mischgemüse im Regal. Sie legt den Kopf schief und fragt: »Weißt du, wie spät es ist? Geh ins Bett!«

Doch da ist Bert schon wieder und prollt: »Peggy, los, komm wieder in die Heia.«

Und weg ist sie.

Ich sortiere, staple, ordne und schreibe. Dabei kann ich die Zeit vergessen und auch sonst alles. Nur Bert in Peggys Bett nicht. Den nicht, der ist Fakt. Ist aber im Moment nicht zu ändern. Noch.

Ich sortiere, staple, ordne, schreibe. Das geht eine Stunde. Dann ist es genug.

Ich prüfe den Zeiger im Kopf. Er zeigt auf vier, das ist noch relativ okay. Eins brauch ich auch gar nicht. Das wäre das vollkommene Glück. Wie im Himmel. Und im Himmel, da ist man tot. Das hat noch Zeit.

Mein Blick geht zur Wand. Das Materialdepot sieht aus, wie ich's mir in der Armee vorstelle: eins-a geordnet. Meine Laune bessert sich von Minute zu Minute. Draußen wird es langsam heller.

Ich bin fertig mit Rechnen und Ordnen und klappe mein Buch zu. Dann schlappe ich in die Küche, stoße mir den Kopf am Türrahmen, wie jeden Morgen. Als Nächstes drehe ich den Lichtschalter an – und die Glühbirne knallt durch. Mann. Mann. Mann.

Blind krame ich in der Schublade rum, meine Finger stolpern über die Schere, mit der Peggy mir die Haare schneidet. Wäre auch mal wieder nötig, schießt es mir durch den Kopf. In der Schublade befindet sich der gesammelte Killefit der letzten hundert Jahre. Ich taste alles durch und finde einen winzigen Kerzenstumpen neben einem Feuerzeug. Und ein Foto. Dabei dachte ich, ich kenne hier alles. Aber das Foto hab ich noch nie gesehen.

Die Kerze gibt ein bisschen Licht und Wärme. Jedenfalls bilde ich mir das ein, das mit der Wärme. Sieht beinahe gemütlich aus, die Küche, denke ich. Auf dem Foto ist ein blondes Mädel mit einer goldenen Krone. Das Gesicht total zugekleistert. Nur die braunen Augen leuchten. Die kenn ich, aber woher?

Ich starre das Mädel an, als wäre sie die Königin von Mesopotamien. Ich kann nicht weggucken.

Ich drehe das Foto um und lese: *Zur Erinnerung, von Ronni, für die Königin aus Letschow.* Und dann ein runder Stempel: Fotostudio Letschow steht da und in der Mitte ein unleserlicher Name. Irgendwas mit K.

Ich weiß, wer das auf dem Foto ist!, schießt es mir durch den Kopf. Und mit der Kerze und dem Foto fühle ich so was wie einen Anflug von Glück. Ein Geburtstagsgeschenk für mich, so früh am Morgen ...

Der Zeiger steht jetzt auf circa drei. Wenn der Pegel meiner Stressuhr sich Richtung zwei zurückbewegt, fängt das Leben an, echt interessant zu werden.

Die Kerze flackert. Sogar das ausgefranste, fettige Eiffelturmposter neben dem Kühlschrank bekommt jetzt einen Anflug von Romantik. Wenn sie jetzt aufstehen würde, würde ihr das gefallen. Peggy, meiner Mutter.

Ob ich sie wecken soll, ausnahmsweise? Ich schaue durch das Küchenfenster in den grauen Morgen.

Nee, lass ich lieber, ist eindeutig nicht Peggys Zeit. Außerdem liegt ja der Muckimann in ihrem Bett.

Der Kühlschrank ist leer bis auf eine Dose Cola. Ich stelle das Radio an. Fetzen von Wörtern über Dinge, die man nicht ändern kann – der Sound der großen, weiten Welt. Ich höre nicht wirklich hin. Hauptsache, ein bisschen Leben, sagt Peggy immer, für die das Radio das *Fenster zur Welt* ist. So ein Quatsch. Was denn für ein Fenster? Man sieht doch nichts. Nur das olle Ding, aus dem abwechselnd Gequassel oder Peggys französische Schangssons, oder wie das heißt, dröhnen. Aber für Peggy ist das Radio eben das, was für die meisten Menschen der Fernseher ist: Trost und Heiligkeit. Das soll einer verstehen, denke ich und muss wieder grinsen. So ist sie halt.

Ein paar Schluck Cola reichen zum Frühstück. Ich schaue kurz auf die Uhr, gehe noch mal rüber in mein Zimmer und hole meinen kleinen Block mit den gelben Klebezetteln. Darauf notiere ich morgens immer kurz für Peggy, was noch zu tun ist. Oft übersieht Peggy die Zettel trotzdem. Gewöhnlich schreibe ich nur einen, heute sind es drei.

Nicht vergessen!

1. *Schuldenstand P.-R.R. 13.12.: 120,29 €. Exakt.*
2. *Termin bei der Greif: 14:15 Uhr. Pünktlich.*
3. *Ich hab Geburtstag. HEUTE!*

Ich klebe die Zettel an die Kühlschranktür. Unübersehbar, direkt neben den Griff.

Kurzer Blick auf die Uhr. Wenn ich mich beeile, krieg ich den Bus noch und bin pünktlich. Na, fast.

Ich schnappe mir Tasche und Jacke, schau mich noch mal kurz um und blase den Kerzenstumpen aus. Das Radio lasse ich an. Dann hat Peggy gute Laune, wenn sie aufsteht.

Im Grunde ist alles ganz normal.

Eigentlich. Nur dass Bert, der Muckimann in Peggys Bett, sich schon drei Monate hier breitmacht. Drei lange Monate. Es gab schon Schlimmere, aber »für gut« ist der nicht. Der nicht und alle anderen auch nicht.

Wenn sie jetzt allein wäre, würde ich schon mal Kaffee aufsetzen. Aber so? Nee, lass mal.

Ich geh zurück in mein Zimmer, reiße vom gelben Klebeblock noch einen Zettel ab, nehme mein *Original Armee-Panzerband* mit und pappe den vierten Zettel an die Kühlschranktür.

4. WER IST MEIN VATER?

Den vierten Zettel beklebe ich an allen vier Seiten mit dem Panzerzeugs. Vier Streifen, das kriegt Peggy niemals ab. Wenn sie versucht, es abzufummeln, wird sie sich dabei die Fingernägel abbrechen.

Ich schaue kurz auf die Uhr. Jetzt ist der 7:16er weg. Wird es eben der 7:36er. Komme ich zu spät. Auch gut.

Ich nehme den Fahrstuhl, wie immer. Heute ist er besonders langsam. Fünf Stockwerke in Z-e-i-t-l-u-p-e. Ich trabe aus der Tür, sehe den 7:36er schon kommen und muss rennen.

Der Fahrer ist in Ordnung, der kennt mich und wartet.

Bis auf die Bushäuschenkaiserin ist der Bus leer. Die Frühschichtler sind schon alle los.

Die Bushäuschenkaiserin wohnt an unserer Haltestelle und trägt Sommer wie Winter den gleichen Armeemantel aus meinen Lagerbeständen, der bei ihr über den Boden schleift. Heute hat sie noch eine gelbe Pudelmütze auf. Keine Ahnung, wie alt sie eigentlich ist, ist auch egal. Jedenfalls fängt sie immer ungefähr um diese Zeit an, sich aufzuwärmen, indem sie eine Runde mit dem Bus fährt. Hier bei uns steigt sie ein, fährt bis zur Endstation und wieder zurück. Manchmal, wenn es besonders kalt ist, macht sie das auch mehrmals, hin und zurück, so lange, bis sie eine bestimmte Grundwärme erreicht hat. Dann steigt sie wieder aus und geht in ihre Reviere: Supermarkt, Tankstelle, Bushäuschen. Immer abwechselnd.

Ihr Hab und Gut lässt sie im Normalfall in einem ausrangierten Supermarktwagen im Bushäuschen stehen. Markiert hat sie ihn mit einer bunten Blumengirlande, die Peggy ihr mal nach einem Anfall von Ausmisterei geschenkt hat. Jeder hier kennt und respektiert sie, die Bushäuschenkaiserin und ihren Bushäuschen-Porsche.

Die Kaiserin lächelt und haucht verfroren in ihre Hände. »Na, das war heute aber knapp.«

»Passt schon«, hechle ich kaum hörbar und werfe ihr die

Rolle Panzerband zu. »Damit kannst du den Mantel kürzen. Ist auch sonst ganz praktisch.«

Gekonnt fängt sie die Rolle, ihre Augen leuchten auf und sie nickt mir zu.

Morgens rede ich nicht gerne. Eigentlich rede ich gar nicht gerne. Wenn überhaupt, dann mit Peggy oder hin und wieder mit der Kaiserin. Sie weiß das und lässt mich in Ruhe.

Stumm sitzen wir, jeder für sich. Ich schaue aus dem Fenster. Es ist warm, es dämmert, draußen fällt ein bisschen Schnee.

Ich werde exakt acht Minuten zu spät kommen. Die Greif wird mich anschauen, aber nichts dazu sagen. Ich werde mich hinsetzen, in meine Bank, die ich ganz für mich allein habe. So wird es sein.

Ich döse ein bisschen und meine innere Stressuhr bewegt sich langsam in Richtung drei.

Irgendwann bleibt sie stehen. Auf zwei. Exakt.

Alles gut.

ACHTUHRACHT

Als ich das Klassenzimmer betrete, ist noch Chaos angesagt, wie immer um die Zeit. Die Greif sieht vom Klassenbuch auf, runzelt die Stirn und ruft: »Ruhe, bitte!«

Sie sagt es in einem etwas schärferen Ton als sonst. Die Klasse stutzt, wird leiser.

Die Greif schaut mich an, lächelt kaum merklich und sagt: »Heute ist dein Schlüpftag, Ron Robert. Ein Liedchen gefällig, oder reicht ein Glückwunsch?«

Das fehlt mir noch. Singen für mich? »Glückwunsch reicht völlig.«

Ich schwitze und tu so, als suchte ich etwas in meiner Tasche.

Die gesamte Klasse hebt kurz den Kopf und ruft wie auf Kommando: »Herzlichen Glückwunsch!« Danach quatschen alle weiter.

Als die Stunde beginnt, erzählt die Greif irgendwas von Algorithmen. Algorithmen, schönes Wort. Und schön warm ist es hier, ich penne fast wieder ein. Wie durch eine Dunstglocke höre ich Wortfetzen. Eigentlich quatscht hier jeder. Nur Clara nicht, die schweigt wie ein Grab.

Am Anfang, als sie neu war, sind alle um sie rum wie Fliegen um den Arsch von Kolumbus und haben versucht, sie mit irgendwas zu beeindrucken. Mit was wollen die denn so ein Mädel beeindrucken?, habe ich mir gedacht. Die kommt aus Berlin hierher zu uns, ans Ende der Welt. Hier ist nichts Interessantes, nur die Luft ist dicker.

Ich hab mir das Gebalze von Weitem so angeschaut und nur gedacht: voll peinlich. Und so hat sie auch geguckt. Als ob sie sagen wollte: Schwärmt ihr ruhig aus, ich mach in der Zwischenzeit was Wesentliches. Sie hat sich ihr Buch geschnappt und gelesen, als wären wir alle ein Fliegenschiss an der Wand. Und irgendwann haben die andern sie auch wieder in Ruhe gelassen.

Jetzt ist Clara fast ein halbes Jahr in der Klasse und niemand weiß was über sie. Niemand war mal bei ihr zu Hause und eine Freundin hat sie auch nicht. Ist nicht normal, oder? Jedenfalls für ein Mädchen. Die gehen doch sonst immer zusammen zum Klo und erzählen sich alles. Dabei ist sie eigentlich nicht direkt hochnäsig. Also jedenfalls nicht übermäßig. Sie guckt nur immer supercool, sagt nix und lässt überhaupt keinen an sich ran.

Am Ende des Unterrichts kommt die Greif extra an meinen Platz und fragt: »Deine Mutter, Ron Robert, die kommt doch heute? Das war ja so verabredet. Hat sie das auf dem Schirm?«

»Alles paletti. Hat sie auf dem Schirm.«

»Ganz sicher?«

»Ganz sicher.«

»Gut.« Sie guckt mich lupenmäßig an und wirft mir eine große Packung Gummibärchen zu. »Aber nicht alle auf einmal!«

Ich *liebe* Gummibärchen.

ZWÖLFUHRDREISSIG

Sportstunde.

Schwitzen ist, wenn Muskeln weinen, habe ich mal gelesen. Stimmt vollkommen. Ich hasse Schwitzen und Sport ist wirklich das Letzte.

Wie gut, dass ich einen Job habe, der mich von dem ganzen Scheiß befreit.

Irgendjemand von uns sollte Rolli-Clara während des Sportunterrichts Gesellschaft leisten, meinte die Greif. Damit sie sich nicht ausgeschlossen fühlt. Wird ganz schön gepampert, die Kleine. Aber super für mich, hab mich freiwillig gemeldet. Hauptsache, ich komme ums Muskelschluchzen rum.

Dabei finde ich sie irgendwie komisch. Sagt nie was, guckt nur und sieht dabei reich aus. Nicht nur von den ewig schwarzen Klamotten her betrachtet. Auch der schwarz glänzende Rollstuhl, das Handy. Stinkt alles nach Geld. Jedenfalls liegt da eine extra angeschaffte Matte für sie. Aber sie weigert sich, will sich nicht in aller Öffentlichkeit drauflegen und Übungen machen. Lehnt sie komplett ab. Wahrscheinlich, weil sie nicht schwarz, sondern blau ist. Die Matte, meine ich.

Okay, ich habe da kein Problem mit. Ich liege gerne.

Sie guckt nur grimmig von ihrem Gestell aus, guckt sogar

grimmig in das Buch, das sie immer bei sich hat. Mir egal. Ich chille.

Einmal hat sie mich gefragt: »Und – warum drückst du dich?«

Ich: »Wie jetzt?«

»Beim Sport.«

»Rheuma«, sage ich schnell, damit Ruhe ist.

Sie: »Lügen haben kurze Beine. Sei froh, dass du welche hast.« Dabei guckt sie wie ein schlecht gelauntes, frisch gerupftes Suppenhuhn, reißt sich los und ab. Ein paar Runden fährt sie alleine. Ihre Nase zuckt dabei. Sieht irgendwie behindert aus, das mit der Nase.

Ich wieder hin und sag: »Kann auch nichts dafür, dass ich hier Babysitter spielen soll. Einer muss ja auf dich aufpassen.«

»Auf mich muss keiner aufpassen!« Und schon hat sie sich wieder in ihr Buch vertieft.

Wie gesagt, komisch, das Huhn, klugscheißerisch. Blöd aber nicht.

Wir stehen am Spielfeldrand. Also: Sie steht, ich liege.

Heute wird Fußball gespielt, gemischte Gruppen. Die Mädels sind gar nicht so schlecht, verlieren aber trotzdem haushoch. Die Typen schubsen die Mädels, wann immer der Lehrer mal wegschaut. Ich sehe das, sag aber nichts. Bin ich der Schiri?

Ein Ball rollt auf uns zu. Ich kicke ihn, ohne hinzugucken, zurück.

»Wie Wölfe in Gefangenschaft. Und die Mädels sind das Futter, an das sie nicht rankommen.« Ich weiß auch nicht, warum ich das laut sage. Normalerweise denke ich so was nur.

In Claras grasgrünen Augen tanzt ein Schatten. Vielleicht denkt sie jetzt, der ist ja genauso doof, wie er aussieht.

Auch egal.

Clara will raus, auf den Schulhof. Frische Luft und so. Das Geschrei aus der Turnhalle hört man draußen bis in den hintersten Winkel des Schulgeländes.

Es ist kalt, aber die Sonne kommt raus. Ich setze mich kurz auf eine Bank, mach die Augen zu und chille. Dann hole ich das Foto aus der Jeans und seh's mir an. Wieder schließe ich die Augen. Lange. Ich sehe vor meinem geistigen Auge, wie sich eine Meute Wölfe in meinen Klopapierrollen und Kabelbindern verheddert. Sie kriegen mich nicht. Mein Stresszeiger bewegt sich auf drei zu. Alles noch im grünen Bereich.

Als ich den Kopf wieder hebe, liegt Claras Blick auf mir. Sie guckt. Ich weiß wirklich nicht, wo die Mädels das lernen, dieses lupenmäßige Gucken. Vielleicht weibliche Gene? Peggy kann das auch. Und die Greif.

Ich versuche mal ein Gespräch und frage in die Stille hinein: »Was liest du denn?«

Keine Reaktion.

»Redest wohl nicht mit jedem, oder?«

»Nur, wenn ich was zu sagen habe«, murmelt sie.

Ich lasse mich nicht abwimmeln. Heute mal nicht. »Soll ich dich wiegen?«, schlage ich vor. »Zweiundvierzig Kilo, schätze ich so. Pi mal Daumen.« Als sie nicht antwortet, ergänze ich noch: »Leute wiegen ist meine Spezialität.«

»Ich weiß«, sagt sie leicht genervt. »Du nimmst ja auch immer fünfzig Cent dafür.«

»Ich kann es dir stunden.«

»Mit Zinsen, nehme ich an?«

»So ist das doch im Kapitalismus oder sehe ich das falsch?« Eigentlich ist mir das nur so rausgerutscht. Ich will trotzdem wissen, wie sie reagiert. Vielleicht geht sie ja in die Luft. Aber sie kneift nur kurz die Augen zusammen, was irgendwie spöttisch aussieht.

Ich sage: »War 'n Scherz.«

Claras Nase zuckt und sie vertieft sich wieder in ihr Buch.

Leute wiegen, das ist meine kleine Angewohnheit. Wenn's richtig langweilig ist, wenn's regnet, in der großen Pause oder so, kommt immer mal jemand aus der Klasse bei mir vorbei zur Kilokontrolle. Kostet fünfzig Cent, das ist ein guter Preis, denn ich habe eine Eins-a-Trefferquote.

Es klingelt. Schulschluss. Ich stehe auf und schiebe. Die Sonne scheint immer noch und zu Hause am Kühlschrank hängen vier Zettel.

Heute Abend weiß ich, wer mein Vater ist. Spätestens.

VIERZEHNUHRFÜNFZIG

Jetzt stehe ich schon gefühlte fünf Stunden vor der Schule rum. Die Gummibärchen sind längst alle, und es ist scheißkalt, weil sich die Sonne inzwischen vom Acker gemacht hat und mein Parka mich für keine fünf Cent wärmt. Da muss mal ein neuer her. Meinen gefütterten hab ich letzten Winter für gutes Geld verscherbelt, dafür habe ich Peggy neue Boots gekauft. Sie hat sich total gefreut und der Parka wäre jetzt eh zu klein.

Es geht ein starker Wind, fast orkanartig. Geburtstagsstimmung kommt da irgendwie nicht auf.

Na gut, meine Mutter kommt wohl nicht. Wahrscheinlich sitzt sie wie paralysiert vor der Kühlschranktür, starrt auf die Zettel und grübelt. Nudelsalat und Torte kann ich da wohl knicken. Schade eigentlich, denn Torte wäre jetzt was Feines. Oder eine heiße Wanne. Das wäre der absolute Knaller.

Es wird Zeit, reinzugehen und Flagge zu zeigen. Womöglich geht die Greif nach Hause und morgen läuft das Jugendamt auf. Mann, was sag ich der bloß? Sorry, meine Mutter hat jetzt doch mal wieder den Eltern-Antanz-Termin vergessen? Zum hundertsten Mal. Oder: Meine Mutter hat Migräne/liegt im Trotzkoma/ist mit ihrem Muckimann im Bett?

Zusammengenommen ist das wahrscheinlich komplett die Wahrheit, kommt aber mit Sicherheit nicht gut an.

Ein Handy wäre jetzt nicht schlecht. Aber Mama würde sowieso nicht drangehen, das macht sie nur, wenn sie Lust hat. Außerdem ist sie beschäftigt. Mit Bert oder mit Grübeln.

Okay, ein bisschen warte ich noch. Ich spiele zum Zeitvertreib mal durch, was wäre, wenn meine Mutter sich wirklich mal wieder was einfallen lassen würde. Ich meine jetzt, zu meinem Geburtstag.

Sie würde Chips und Cola auf den Tisch stellen und zwei Fläschchen Feigling vom Kiosk. Mama und Bert würden irgendwann anfangen zu tanzen, dann rumstreiten, sich mental gesehen ein bisschen die Köppe einhauen. Bis die sich wieder eingekriegt haben, hätte ich schon ordentlich Chips und Cola intus. Alles so weit im Lack.

Zwischendurch hätte die olle Müller von unten mit ihrem Besenstiel schon fünfundvierzig Löcher in die Decke gehauen. Irgendwann würde sie an unserer Tür auftauchen und rumheulen, dass ihr Köter einen Hörsturz hat. Sie würde etwas länger brauchen wegen ihrer kaputten Hüfte. Neue Hüften habe ich leider nicht auf Lager, sonst hätte ich ihr längst mal eine aufs Auge gedrückt. Ob sie dann netter zu uns wäre? Ich glaub nicht, die ist einfach grundsätzlich mal scheiße drauf. Peggy sagt, sie hat eine erstklassige Rente, frisst aber Hundefutter. Der Köter kriegt Filet.

Sie kann kaum laufen, die Müller, nimmt aber trotzdem nie den Fahrstuhl.

Der müffelt, würde sie sagen. Nach dir, Ron Robert. Habt

ihr kein Wasser zu Hause?, würde sie mich fragen, wie immer, wenn wir uns mal treffen.

Und ich tu immer so, als höre ich schlecht. Ich nehme den Fahrstuhl, auch wenn Peggy sagt: »Wenn du so weitermachst, Dicki, dann wirst du dick und fett und passt nicht mehr durch die Fahrstuhltür. Und was machen wir dann?« Sie grinst und gibt mir einen Kuss. Tja.

Ich bin übrigens gar nicht fett. Ein bisschen kräftig gebaut vielleicht, aber nicht fett. Ich hab ein, zwei Kilo Knochendichte zu viel. So was ist Veranlagung, habe ich mal gelesen. Vielleicht komme ich nach meinem Vater? Könnte doch sein.

Peggy fährt nie mit dem Fahrstuhl. Sie ist superschlank, raucht Kette und rennt trotzdem immer voll Speed die Treppen rauf und runter. Spart ihr das Fitnessstudio, das wir uns eh nicht leisten können.

So, ich hab die Schnauze voll. Ich gehe jetzt rein und sage der Greif, was los ist. Mann. Mann. Mann. Die dreht durch, wenn ich ihr wieder irgendeinen Scheiß erzähle. »Ich weiß nicht, wo sie ist«, sage ich deshalb schnell und bleibe vorsichtshalber an der Tür stehen.

Die Greif guckt nur. Wie sie guckt, kann ich gar nicht sagen: irgendwas zwischen düster und dunkel, aber nicht mitleidig oder so, das macht sie nicht. Dann murmelt sie was vor sich hin und packt ihr Zeug. Und ich verziehe mich wieder nach draußen. Ich habe nicht ganz die Wahrheit gesagt, denke ich beim Rausgehen. Klar weiß ich, wo Peggy ist. Die

Greif schnallt aber so oder so ungefähr, was los ist, da bin ich sicher.

Ich latsche rüber zur Bushaltestelle. Da steht Clara Wiens. Was macht die denn noch hier? Steht da so rum und wartet im Rolli auf ihren Fahrer. Dann liegt der wohl wirklich noch in der Falle. Mit ihrem schwarzen Daunenjäckchen und den schwarzen Pelzstiefeln guckt sie wie immer gelangweilt und leicht arrogant. So als ob nichts wär.

Wenn ich drüber nachdenke, sieht sie genau genommen immer aus, als ob sie auf irgendwas wartet. Ein bisschen wie Schneewittchen, nur in schlecht gelaunt. Im Märchen tauchen ja irgendwann die fröhlichen, lauten Zwerge auf. Bei Clara kommt sonst der Fahrer, nur fröhlich hab ich den noch nie gesehen. Höchstens laut und tätowiert. Meerjungfrau und Lamborghini, voll out.

Clara und ich, wir nicken uns kurz zu. Ich versuche erst gar nicht mehr, mit ihr zu reden. Sie hat mir wahrscheinlich wieder nichts wirklich Wichtiges zu sagen.

Wir stehen also beide rum und warten, jeder für sich. Dabei sehe ich genau, dass sie sich die Fingerkuppen abfriert. Kein Wunder, sie trägt Handschuhe ohne Finger. Handschuhe ohne Finger? Wahrscheinlich, weil sie dauernd auf ihrem Siebenhundert-Euro-Handy tippen muss. Was für ein blödsinniger Reichen-Tussi-Quatsch.

Sie sitzt. Ich stehe. Wir warten und schweigen. Es regnet Schnee. Nach einer Weile sieht Clara aus wie ein Schneemann mit Blaubeerlippen. Sie zittert volle Lotte.

Endlich kommt der Bus. Ich nicke Clara zu und steige vorne ein. Da sitzt eine Frau am Steuer, so was gab's hier noch nie. Aus den Augenwinkeln sehe ich, wie ein Mann aussteigt, um Clara reinzuhelfen. Was hat die denn vor?

Der Bus ist voll. Clara steht mit ihrem Rolli in der Mitte. Sie passt hier überhaupt nicht rein. Nicht wegen dem Rolli, mehr, wie die guckt und von den Klamotten her. Schwarz und teuer. Sieht aus wie ein Rabe im Rollstuhl.

Dann merke ich, dass ein paar sie anstarren. Nicht direkt, das wäre ja noch okay, mehr so um die Ecke rum. Muss ein Scheißgefühl sein.

Möglichst unauffällig schiebe ich mich in ihre Richtung. Ich hab keine Lust auf solche Blicke. Bei mir nicht und bei anderen auch nicht. Das guck ich mir nicht an.

Irgendwann stehe ich neben ihr. Ihre Augen stehen ziemlich unter Strom. Ich verstehe nicht alles, aber wenn ich's kurz machen soll, dann blitzt sie so was raus wie: Red jetzt bloß keinen Stuss! Dabei hatte ich eh nicht vor, eine Ansprache zu halten.

Wir sehen beide aus dem Fenster. Je länger wir fahren, umso leerer wird der Bus. Die Leute steigen alle aus und niemand steigt ein. Wir fahren an den Rand der Stadt.

Dann liegen die Hochhäuser unserer Siedlung vor uns im Tal wie überdimensionierte aussortierte Schuhschachteln.

Plötzlich sagt sie laut: »Super Gegend! Wenn so was wie hier im Fernsehen läuft, schalt ich immer um.«

Kann ich verstehen.

Kaum habe ich das gedacht, werde ich sauer. Auf mich,

aber auch auf die eingebildete Kuh. Was macht die überhaupt noch hier, in *meinem* Bus? Warum ist sie nicht längst ausgestiegen und in ihre reiche Villa abgeschoben?

»Ich geh dann mal«, sage ich knapp, drehe mich um und drücke auf den Halteknopf, obwohl gleich Endstation ist.

Prompt hält der Bus, und die Konservenstimme sagt: »Endstation. Alle aussteigen, bitte.«

Ich will mich gleich vom Acker machen. Das Bushäuschen ist leer, die Bushäuschenkaiserin ist wohl noch auf Tour. Aber ich kann nicht anders – ich gucke zurück in den Bus. Da steht sie, die lackierte Henne, und in ihren Augen ist so viel Sprengstoff, dass es reichen würde, unsere ganze Siedlung hochzujagen.

»Hol mich hier sofort raus!«, schreit sie.

Als ich nicht gleich reagiere, höre ich noch ein leises »Bitte«.

Mich kriegt man mit diesem doofen Bitte immer. Verdammte Hacke, das muss bei mir irgend so eine Art genetische Störung sein. Peggy hat das nicht.

Inzwischen guckt die Busfahrerin schon. Sie will weiter.

Ich auch.

»Hilfst du dem Mädchen bitte raus?«, ruft sie von vorn.

Okay, ich bin ein Weichei. Gegen ein Bitte komm ich nicht an. Ich steige wieder ein und hebe den Rolli mit Clara aus dem Bus.

Als der Bus weg ist, hat Rolli-Clara freien Blick auf unseren Block. Und guckt. Was guckt die? Ich gucke auch mal. Und jetzt sehe ich es: Hier ist der Himmel ein Stück tiefer als woanders. Wahrscheinlich bin ich deshalb so groß – als Ausgleich sozusagen. Ich bin so eine Art Himmelhochdrücker.

»Hier wohnst du?«, sagt sie und mustert mich mit ihren grasgrünen Augen.

Ich frage mich ernsthaft, ob sie vielleicht doch blöde ist. Was soll man hier denn sonst machen? »Okay, halten wir fest: Ich wohne hier. Du nicht. Das wäre mir aufgefallen. Und? Was willst du hier?«

»Du hast heute Geburtstag. Vermutlich gibt's gleich eine Geburtstagsparty. Da wäre ich gern dabei. Ausnahmsweise.«

»Ich auch«, sage ich und muss grinsen.

»Ich meine es ernst«, sagt sie.

»Ich auch«, sage ich. »Es gibt nämlich keinen Geburtstag. Und 'ne Party gleich gar nicht.«

»Nicht?«, fragt sie.

Ich denke an Peggy und den leeren Kühlschrank.

Sie sieht mich an. »Man soll die Hoffnung nie aufgeben. Es gibt ja auch wieder Wölfe in Deutschland.«

Wölfe, hat sie gesagt, und ich merke, dass ich trotz der Kälte zu schwitzen anfange. »Was weißt du denn von Wölfen?«

»Nichts«, sagt sie. »Und du?«

Der Zeiger meiner Uhr dreht sich einmal im Kreis. Ich überlege kurz, schnapp mir den Rolli und sage: »Kann sein, ich weiß, wo dein Fahrer ist.«

Sie dreht sich zu mir um: »Ach nee?«

»Deswegen bist du doch hier.«

»Ach, deswegen bin ich hier?«, wiederholt sie.

Sie kapiert es nicht. Ist vielleicht auch ein bisschen um die

Ecke gedacht. »Du bist hier, weil er dich heute nicht abgeholt hat. Ist aber nicht mehr weit. Keine Angst!«

»Ich hab keine Angst. Aber woher willst du wissen, dass der jetzt genau hier ist? Bist du Wieger *und* Hellseher?«, fragt sie.

»So was in der Art«, sage ich. »Da oben ist übrigens unsere Wohnung.« Ich zeige auf den fünften Stock, auf unser Küchenfenster. Das steht sperrangelweit offen. Die Müller glotzt wie üblich aus ihrem Fenster und schreit irgendwas runter. Ich grummle: »So singt man hier *Happy Birthday.*«

»Und was hast du letztes Jahr zu deinem Geburtstag gemacht?«, will Clara wissen.

»Inventur.«

Das versteht sie jetzt wieder nicht. Aber inzwischen klappert ihr ganzer Körper. Mensch, ist das 'ne Frierhippe! Ich schiebe sie rasch in unseren Block, zum Fahrstuhl. Als ich auf den Knopf drücke, sagt sie: »Das hier ist aber wirklich asi.«

Ich streife die verschmierten Wände mit einem Blick und sage: »Stimmt. Aber oben ist's warm, asiwarm.«

»Okay«, sagt sie. »Warm finde ich gut.«

Scheiße, der Fahrstuhl ist mal wieder verreckt. Wie kriege ich sie jetzt nach oben? Laufen ist bei ihr ja wohl nicht. Also hebe ich sie einfach aus dem Rolli. Mann, dass das Mädel bis jetzt nicht verhungert ist. Ohne Rollstuhl wiegt die ja so gut wie nix. Das können wirklich kaum mehr als zweiundvierzig Kilo sein. Fliegengewicht.

Jetzt guckt sie wie Mogli kurz vorm Waldbrand, ihre Nase zuckt wie verrückt. Sieht irgendwie verzweifelt aus. Ich hätte mir nie vorstellen können, dass jemand so gucken kann. Und das mit der Nase, das ist schon sehr speziell. Na schön, ich rieche nach dem Gehebe aus dem Bus vielleicht ein bisschen streng, das gebe ich zu, aber nicht so schlimm, wie die Müller immer sagt.

Als Nächstes stemme ich uns und die zwei Schultaschen gefühlte dreitausend Stufen nach oben und schwitze dabei wie ein Ferkel im Salzteig.

Clara sagt nichts, aber sie ist auch puterrot im Gesicht. Kälte, Angst, oder beides? Ich glaube, das »auf dem Arm sein« ist nicht so ihr Ding. Gleich ruft sie um Hilfe, da hätte die Müller Spaß.

Ich schnaufe wie ein alter Sack und schaffe es grade noch zu klingeln.

Mama reißt die Tür auf, Kippe zwischen den Fingern, verheult und mit richtig fieser Laune. Sie starrt auf Rolli-Clara und sagt: »Was schleppst du denn da an?«

FÜNFZEHNUHRZWANZIG

»Die heißt Clara, Mama.«

»Nenn mich nicht Mama. So alt bin ich noch nicht«, schnauzt Peggy mich an und nimmt einen tiefen Zug aus ihrer Zigarette.

»So, so, Clara«, sagt sie dann. »Und wer soll das sein?«

Ich höre einfach weg und brauche erst mal dringend einen Stuhl. Keine Ahnung, wann ich das letzte Mal die Treppen hochgestiegen bin. Lange herumstehen kann ich jedenfalls nicht mehr.

Ich schmeiße die Taschen in den Flur, schiebe mich an Mama vorbei in die Küche, stoße mir den Kopf, wie immer, und setze Clara ab.

Unter ihr knirscht's. Sie zieht sich eine leere Packung Chips unterm Hintern vor. Egal, die Küche sieht heute sowieso ganz besonders appetitlich aus. Der Boden klebt. Auf dem Tisch sind eine Tasse ohne Untertasse, ein randvoller Aschenbecher und eine Schere verteilt. Wahrscheinlich will Peggy mir die Haare schneiden, so als Geburtstagsgeschenk.

Ich schau kurz in Peggys Zimmer. Kein Bert in Sicht. »Wo ist er?«, rufe ich in die Küche. »Wo ist der Muckimann!«

»Geh mal rüber ins Bad und hol 'ne Rolle Klopapier!«, ruft Mama aus der Küche. »Die Kleine heult.«

»Ich heule nicht!«, höre ich Clara sehr akzentuiert sagen. »Ich will bloß wissen, wonach es hier riecht.«

»Nach Zwiebeln und Enttäuschung. Kennste nicht die Mischung, oder?«, höre ich Mama sagen.

Mein Blick streift durch das Bad. Mann, sieht das aus hier! Bert hat wohl Ordnung gemacht. Zumindest das, was er unter Ordnung versteht, das heißt: Platz für sich. Auf der Ablage stehen mittlerweile drei Rasierpinsel. Für jeden Monat, den er hier überflüssigerweise rumlungert, ein Pinsel. Die Zahnpastatube und meine Zahnbürste liegen achtlos im

Waschbecken und seine steht fein säuberlich in trauter Eintracht mit Mamas in meinem Porsche-Becher. Arm in Arm, sozusagen. Dazu sage ich jetzt nichts, es gibt Wichtigeres.

Die Dusche ist mit dreckigem Geschirr vollgestellt. Wenigstens die hätte er ruhig mal ausräumen können. Muckimann muss es wohl eilig gehabt haben, der duscht ja sonst drei Mal am Tag.

Aus meiner Brust kommt ein Seufzen. Passiert mir manchmal, das ist wie fremdgesteuert.

Ich schlappe wieder in die Küche und checke kurz: Clara guckt blasiert, hat also nicht geheult, ist auch besser so. Trotzdem schiebe ich ihr das Klopapier rüber. Sie wirft einen leicht angewiderten Blick auf die Rolle und dann auf mich.

Alles klar, die Stimmung ist unter null. Aber was hat sie erwartet? Vergoldetes Scheißhauspapier?

Wie nebenbei schaue ich auf die Kühlschranktür. Drei Zettel hängen noch. Der vierte ist weg. Gut sichtbar: die Kratzer von der Schere. Die drei übrigen Zettel strahlen etwas Undefinierbares aus, so wie das unbenutzte Klopapier, das darauf wartet, dass jemand Notiz von ihm nimmt. Mamas Blick und meiner treffen sich auf der Hälfte der Küche und knallen zusammen. Fühlt sich gar nicht gut an. Ihre Schminke ist jetzt noch eine Spur verschmierter, eins von ihren zwei angeklebten Wimpernensembles hängt auf halb acht. Heult *sie* jetzt? Sieht fast so aus. Mann, ist das ein Laden hier ...

Ich hole die Wodkaflasche aus dem Schrank und gieße ihr einen ein.

»Ich trink doch nicht mehr«, sagt sie vorwurfsvoll, schnieft und trinkt den Wodka in einem Zug aus. Inzwischen hat sie sich noch eine Zigarette angezündet, nimmt Claras Handy vom Küchentisch und spielt damit rum.

»Hast du die entführt, oder was?«, fragt sie und bläst den Rauch zur Decke.

»Nee. Ich hab sie zu meiner Geburtstagsparty eingeladen. Als Ehrengast sozusagen.« Mamas Augen flackern kurz. »Mensch, Peggy, wir suchen Bert. Wo ist der?«

Clara guckt mich an.

»Stimmt«, sagt Mama, ohne dass ich auch nur im Ansatz weiß, was sie meint. »Erstens: Dein Scheißgeburtstag ist an allem schuld. Zweitens: Die hundertzwanzig Euro liegen schon in deinem Zimmer. Drittens: Meinst du, ich weiß nicht, wann der ist, dein Geburtstag? Der ist nämlich an allem schuld, auch daran, dass ich viertens nicht bei der Greif war!« Jetzt schreit sie.

»Viertens stimmt nicht ganz«, sage ich. »Auf dem vierten Zettel stand was anderes.« Ich sage es laut und deutlich.

Peggy zieht an der Zigarette, als wär's die letzte für dieses Jahr. Ihre Augen flackern wie die Kerze heute Morgen. Stille.

Okay. Ich gebe ihr noch etwas Zeit. »Dann legen wir mal los«, sage ich und gucke Clara an.

»Womit?«, fragt Peggy panisch.

Clara knetet inzwischen das Toilettenpapier in ihren Händen, hat wieder diesen Mogli-Blick, dabei aber einen harten Zug um den Mund. »Gut, legen wir los. Wo ist jetzt mein Fahrer?«, fragt sie.

Tja, das frage ich mich auch grade. »Muckimann ist ausgeflogen. Hat die Biege gemacht«, sage ich.

»Ich hab jetzt die Nase voll. Was ist das hier eigentlich für eine dämliche Nummer, von wegen Muckimann? Wenn ich das richtig verstehe, ist euer Muckimann Bert mein Fahrer?« Clara starrt mich an. Sie starrt Peggy an. Die fummelt weiter an dem Handy rum. Keiner sagt was. Ich nicke und zucke die Achseln.

»Okay«, sagt Clara und lupt Peggy an, »falls das von Interesse ist, mein Handy hat keinen Akku mehr.«

Peggy peilt gar nichts und murmelt so was wie: »Lasst mich doch alle in Ruhe.«

Mein Blick fällt in den Papierkorb, der neben ihrem Stuhl steht. Der vierte gelbe Zettel strahlt wie eine rote Ampel.

4. WER IST MEIN VATER ... Das Vater-R ist ausgefranst.

Als ich den Kopf wieder hebe, sehe ich, dass Clara den Kopf schief hält und ebenfalls liest. Dann schaut sie mich an. Ich gucke zurück. Aber sie ist eine besonders fähige Zurückguckerin, das muss man ihr lassen.

Ich dreh mich zu Peggy um. Sie sieht komplett erledigt aus. Mit einer kraftlosen Armbewegung Richtung Decke sagt sie: »Lass ihn doch. Lass ihn einfach bei den Wölfen.«

Und wo soll das sein? Im Himmel? Das mit den Wölfen ist ihr Standardsatz. Ich sage erst mal nichts und öffne den Kühlschrank. Viel ist nicht dazugekommen seit heute früh, aber wenigstens eine Flasche roter Saft. Ich gieße Clara und mir was ein. Clara schaut mich weiter an und hinterlässt Abdrücke auf meinem Gesicht.

Mama spielt an dem Handy rum. »Astreine Party«, sagt sie. Astrein ist eines ihrer Lieblingswörter überhaupt.

Finde ich übrigens auch. »Ein paar Chips?«, frage ich in Richtung Clara.

Sie schüttelt den Kopf und ich fummle am Radio rum. Die Nachrichten sind grade vorbei, jetzt kommt die Hitparade.

Mama dreht lauter, dann steht sie auf und tanzt mit dem Handy durch die Küche. Sieht irgendwie zärtlich aus, als wäre das Handy ihr Schatz. Nicht so ein Pseudoschatz wie die Typen, die hier rumlungern, nein, ein echter Schatz, der es wert wäre. *Be my baby* singt sie.

Clara und ich sehen zu. Dann sagt sie: »Das kenne ich, das Lied. Das hört meine Mutter immer. Furchtbar.«

»Furchtbar«, wiederhole ich.

Aber Mama tanzt gar nicht schlecht. Obwohl es in der Küche eng ist, macht sie auf große Bühne. Sie liebt es zu tanzen. Und sie liebt Zuschauer. Sie lacht, stampft mit den Füßen auf und gibt richtig Gas, was gar nicht zu dem Lied passt, es ist ja eher ein Schmusesong.

Jetzt ist es nur noch eine Frage der Zeit, bis die Müller sich meldet. Von unten donnert schon der Besen an die Decke. Mama dreht das Radio auf. Ein Song ist noch drin, dann ist die Müller oben und es ist richtig Strom auf der Tapete.

So läuft das bei uns.

Aber heute ist die Müller schneller als sonst. Oder das Lied ist länger. Keine Ahnung. Es nützt übrigens auch nichts, sich tot zu stellen, wenn die Müller vor der Tür steht. Sie hat es schon geschafft, eine Stunde durchzuklingeln. Damit ist die schönste Party gesprengt.

Ich stehe auf und gehe zur Tür.

Zur Abwechslung hat die Müller nicht ihren Köter, sondern ihren Besen mitgebracht. Sie schreit irgendwas, wir verstehen sie aber nicht. Dazu fuchtelt sie wie verrückt mit dem Besen herum und humpelt zum Radio.

»Das ist *mein* Radio! Und das bleibt genau so laut, wie ich will!«, zischt Mama. »Lieber schmeiß ich es aus dem Fenster, als dass Sie mir dran rumgrapschen!«

Und das tut sie dann auch. Fenster auf und raus.

Als das Radio scheppernd unten landet, schreit die Müller wieder los.

Claras Mundwinkel zucken ein bisschen.

Lacht sie?

Und dann sieht die Müller Clara und fixiert sie.

Sie zerrt an ihrer ranzigen Kittelschürze herum und fragt: »Ist das dein teures Dingenskirchen da unten?«

Den Rollstuhl hatte ich inzwischen ganz vergessen.

»Nee, meins«, sagt Mama. »Das da unten ist mein teures Dingenskirchen.«

Die Müller beachtet Peggy gar nicht. Sie beugt sich über Claras Schulter. »Haben die dich entführt, mein Mädchen?«, flüstert sie.

Ich denke, mein Schwein pfeift. Die geht ja echt aufs Ganze, guckt wohl auch den ganzen Tag in die Röhre. So wie die Müller das sagt, merke ich, dass es ihr wahnsinnig gefallen würde, wenn wir jetzt mal richtig in der Scheiße sitzen.

Stumm starren wir alle Clara an. Okay, Clara Wiens in unserer siffigen Küche sieht wirklich aus wie eine Entführte bei RTL ...

Die Müller guckt von einem zum anderen. Da sagt Mama mitten in die Stille: »Das Radio ersetzen Sie mir, das ist ja wohl klar, Frau Müller. Das war Nötigung.«

Die Müller kriegt Schnappatmung.

Und Clara? Ihre Nase zuckt ein bisschen, als sie sagt: »Werte Frau Nachbarin, Ron Robert und ich machen Hausaufgaben. Und was das für schwierige Aufgaben sind, haben Sie ja gehört. Das war Trigonomusik. TRI-GO-NO-MU-SIK«, Clara betont jede einzelne Silbe, »das ist höhere Mathematik, in Verbindung mit synkopischen, musikalischen Elementen, falls Sie verstehen, was ich meine.«

Das Mädel zieht mir echt den Stecker. Die Müller ihrerseits macht Froschaugen, glotzt und versteht gar nichts. Meine Mutter lacht hysterisch.

Doch die Müller lässt nicht so schnell locker. »Haben die dir Alkohol oder Drogen eingeflößt?«, fragt sie jetzt und zischt dabei wie eine Schlange auf Ecstasy.

»Das ist Kirschsaft, Bio-Kirschsaft. Wollen Sie auch einen Schluck?«, sagt Clara und hält der Müller ihr halb volles Glas hin.

Jetzt kann ich nicht mehr, ich muss auch lachen. Gut, ich lache eigentlich immer mehr so nach innen, aber das laut.

Die Müller lacht nicht. Sie holt zum ganz großen Schlag aus. »Nein, ich möchte keinen Bio-Kirschsaft trinken, ich rufe jetzt die Polizei.« Dabei guckt sie extrem vornehm. So vornehm, wie es eben geht in einer total ranzigen Müllerschürze.

Sie humpelt zur Tür und weg ist sie. Nur ihr Besen steht noch da.

FÜNFZEHNUHRFÜNFZIG

Mama wirkt irgendwie erschöpft. Wenn die Polizei erst mal hier aufläuft, ist das Jugendamt auch nicht mehr weit. Wie sie da so sitzt, vor ihrem Aschenbecher und der Wodkaflasche, tut sie mir richtig leid.

»Dicki, was machen wir jetzt?«, fragt sie und schaut mich mit ihren großen braunen Augen kleinlaut an.

»Weiß ich noch nicht«, sage ich. »Und wo ist er nun?«

»Wer?«

»Mensch, Mama, *Bert*!«

Die Antwort kommt wie aus der Pistole geschossen, als hätte sie nur darauf gewartet, dass sie wieder rumschnauzen kann. »Der!!!? Abgehauen, das Arschloch. Hab ihm 'ne Beule in das schicke Cabrio gefahren.«

»Was für ein Cabrio?«, frage ich nach. Ich verstehe kein Wort.

»Dieses Arschloch ist an allem schuld!«, schreit Peggy. »Dieses Arschloch!«

Mann, Mann, Mann.

»Was für ein Cabrio?«, frage ich noch mal.

»Das für deinen Geburtstag«, heult sie.

»Mama, heul nicht rum, erzähl einfach. Was für ein Cabrio?« Ich sag's einfach so dahin, fixiere sie aber dabei, damit sie auch mitkriegt, dass ich was sage. Manchmal funktioniert das. Das habe ich mir bei der Greif abgeguckt. Wenn jemand in der Klasse unter Strom steht, macht sie das so, ruhig und ohne viel Text.

Mama sieht mich an und hört auf zu heulen. Ich stelle fest, dass ihre falschen Wimpern inzwischen an ihrer rechten Hand hängen. »Ich hab ein Cabrio ausgeliehen. Für dich, Dicki! Zu deinem Geburtstag. Und dann sind wir heute Morgen rumgefahren. Schick, mit französischer Musik und offenem Verdeck. Erst er, dann ich.«

Jetzt hört sie wieder auf zu reden. Ich glotze sie einfach an. Mama hat ein Cabrio ausgeliehen. Für mich. Alles klar, sie verarscht mich. Das macht sie gelegentlich und lacht sich hinterher kaputt. Aber Mama ist noch nicht zu Ende.

»Jedenfalls bin ich gefahren und ...« Sie schnieft. »Ich ... ich ... hab's versaut.«

Ich reagiere erst mal nicht. Hallo? Mama kann gar nicht Auto fahren. Sie hat keinen Führerschein. An dem Gerede mit dem Cabrio ist also nichts dran. Null.

»Was guckst du?«, schluchzt sie. »Ich bin wirklich gefahren! Ich bin so lange super gefahren, bis der Poller im Weg stand und Bert mich angeschrien hat. Da hab ich die Nerven verloren.«

»Du verarschst mich doch«, sage ich.

»Nein, echt nicht. Komm, Dicki-Schätzchen, ich beweis es dir.« Sie steht auf. »Raus aus den Pantoffeln«, sagt sie. »Wir gehen runter. Komm.«

»O-k-a-y«, sage ich. Diesmal habe ich wirklich nicht den leisesten Schimmer, welcher Film bei ihr abläuft.

»Kommst du auch mit, kleine Miss? Oder willst du hier festwachsen?« Es ist das erste Mal, dass Mama Clara direkt anspricht. Na, Freundinnen werden die beiden nicht, das kann man ihnen schon auf fünf Meilen ansehen.

»Wenn ich irgendwo hinfahre, dann nicht in einem zusammengefalteten Cabrio, sondern mit meinem Bus«, sagt Clara und schaut sich um, als würde Bert jeden Moment irgendwo aus dem Besenschrank kommen.

»Damit ist er ja weg, mit dem Bus!«, schreit Mama.

»Passt schon«, unterbreche ich sie schnell, stehe auf, stelle mich vor Clara und nehme sie auf den Arm.

Mama guckt komisch. »Kann die nicht laufen oder wiegst du wieder?« Dann tastet sie an ihren Augen rum und fragt: »Wo sind meine Wimpern?«

Ich sage nichts und gehe einfach los.

Runter trägt sich das Mädel zwar leichter, aber ich habe Angst, dass ich über meine Schuhe falle. Ich hab Größe 44. Also gehe ich langsam, Stufe für Stufe. Gar nicht so einfach. Mama überholt uns.

Am Fahrstuhl steht der Rolli und hat Gesellschaft. Die Zahnfleisch-Zwillinge aus dem ersten Stock (mehr Zahnfleisch als Zähne, die beiden, und doof wie Schifferscheiße) haben ihn entdeckt. Mirco sitzt drin und spielt an den Rädern, Marco macht Fahrgeräusche und sabbert dazu. Als sie uns sehen, grinsen sie.

»Macht mal die Flocke«, sag ich.

Mirco grinst weiter, steht aber auf. Gut. Ich setze Clara vorsichtig in ihr Geschoss. Mama starrt auf Clara und den Rolli. »Ach du Scheiße, du sitzt im Rolli?«

Die Zwillinge stehen immer noch wie Falschgeld in der Gegend rum. Dann machen sie vorsichtig ein paar Schritte nach hinten und brüllen: »Rolli-Tussi, Rolli-Tussi!«

In Claras Gesicht ist alles ganz ruhig, aber dann dreht sie die Reifen, und der Rolli zischt los.

Mama kapiert als Erste, was sie vorhat, und schreit: »Hier kommt die Rache, ihr Zahnfleisch-Bratzen!«

Clara gibt richtig Gas. Fährt geradewegs auf die Zwillinge zu. Jetzt brüllt auch sie: »Die Rolli-Tussi kommt!«

Die kann ziemlich laut werden, die Rolli-Tussi.

Die Zwillinge können gerade noch rechtzeitig aus der Tür sprinten. Als wäre nichts gewesen, bremst Clara ihren Rolli wieder ab und steht mit dem Rücken zu uns da.

Ich hasse es zu rennen, aber jetzt tu ich's.

»Lass uns abhauen«, sage ich zu Clara, als ich bei ihr bin. »Für die Kannibalen hier bist du Fressen auf Rädern.« Ich nehme den Rolli und schubse ihn aus der Tür. Dann sehe ich mich um. Mirco und Marco sind komischerweise verschwunden.

Aber ... da draußen auf der Straße steht wirklich ein weißes Cabrio. Weiß wie Schnee. Wie der Schnee, der vom Himmel fällt. Hatte ich vorhin Tomaten auf den Augen? Ich atme tief ein und irgendwo kommt ein Pfeifen aus mir raus.

»Siehst du, Dicki«, sagt Mama leise, »manchmal kannst du dich sogar drauf verlassen, was Peggy-Mutti sagt.«

Ich gehe einmal ganz langsam um das Auto rum. Mann. Mann. Mann.

Ich bin platt. Weihnachten 2000. Der Schlitten erinnert mich entfernt an das erste Matchbox-Auto, das Mama mir geschenkt hat. Einen weißen Mercedes 230 SL mit den Regular Wheels. Der hat immer noch einen Sonderplatz auf meinem Regal. Mensch, Mama.

Ein Wunder, dass die Zwillinge das Auto nicht geschrottet haben. Es ist nämlich offen und der Schlüssel steckt.

Mama guckt ratlos auf den Rolli. »Kann man den zusammenklappen?«, fragt sie Clara.

»Schon, aber nicht mit mir drin.«

Total geflasht von dem Cabrio, gehe ich auf meine Mutter zu, die noch immer leicht verwirrt den Rolli betrachtet. Ich will – ja, was denn –, ich will sie in den Arm nehmen, sie hochheben oder ihr wenigstens einen Kuss aufs Auge drücken. Ja, genau das tue ich, der Kuss landet aber auf ihrer Nase, weil sie verlegen kichernd den Kopf wegdreht. Dann fängt sie an zu lachen. Erst leise, dann laut. Und wenn Peggy so lacht, dann geht die Sonne auf.

Mittlerweile guckt selbst Clara eine Spur amüsiert, wobei ihre Nase wieder zuckt. Also, dieser Tick mit der Nase sieht wirklich komplett behindert aus.

Ich hebe Clara aus dem Rolli, rein ins Cabrio und auf den Beifahrersitz. Ihre Augen geben jetzt wieder ordentlich Strom ab.

»Keine Angst. Wir bringen dich nach Hause.«

»Ich habe keine Angst«, kommt es wie aus der Pistole geschossen.

Ich sage mal nix, gucke mir den Rolli an, versuche, ihn zusammenzuklappen, und klemme mir fast die Weichteile ein. Mama macht inzwischen das Verdeck auf. Und irgendwie schaffe ich es danach, das Ding auf die Rückbank ins Cabrio zu hieven. Teamwork. Schön.

Ich setze mich nach vorne ans Lenkrad und nehme die Schaltung mal genauer ins Visier. Ich muss die Sache hier in den Griff kriegen, muss der Poller-Expertin zeigen, dass man die nicht umfahren muss. Jedenfalls nicht zwangsläufig.

Okay, so genau weiß ich auch nicht Bescheid. Aber einmal hat mir Bert Rückwärtsfahren gezeigt, wird also schon hinhauen.

Mann. Mann. Mann. Weiße Karosse. Rote Ledersitze. Und was der absolute Hammer ist: schwarze Armaturen, Armaturen aus feinstem Holz. Weiß wie Schnee, rot wie Blut und schwarz wie Ebenholz. Ein Schneewittchenauto. Ich streichle kurz über die Armaturen und drehe den Zündschlüssel um. Das Auto gibt ein fieses, knirschendes Geräusch von sich. Das tut richtig weh.

»Schönen Gruß ans Getriebe«, stöhnt Clara neben mir.

Na gut, losfahren klappt nicht auf Anhieb, das Ding verreckt wieder. Aber jedenfalls hab ich den Motor schon mal gehört. »Wie viel PS?«, rufe ich Peggy zu.

Es dauert eine Weile, bis meine Frage sie erreicht hat, denn sie schaut gerade hoch zur Müller, die wieder am Fenster hockt und irgendwas zu uns herunterschreit.

»PS? Ohne Ende«, sagt sie schließlich abwesend und rennt zurück zu unserem Haus. »Nötigung war das, Frau Müller!«, ruft sie im Laufen. »Und Nötigung ist ein Straftatbestand! Das werden Ihnen auch die Bullen sagen.«

Clara murmelt irgendwas von »Irrenhaus«. Ich starte. Und diesmal klappt's.

Als ich nach vorne auf die Straße sehe, denke ich allerdings, mich tritt ein Pferd: Die Müller-Schlange hat ernst gemacht, uns kommt wirklich ein Polizeiauto entgegen!

Clara und ich schauen uns an. Wir müssen nichts sagen. Wir haben beide Schiss. Ihr sieht man das an, in ihrem Gesicht ist ordentlich was los, Alarmstufe Rot, dann Gefahrenstufe Weiß, immer abwechselnd. Ich muss unbedingt die Nerven behalten. Langsam fahren die Bullen unsere Straße entlang, direkt auf uns zu.

Clara, knallrot im Gesicht: »Los, gib Gas! Aber langsam. Tu einfach so, als ob nichts wäre. Wir geben jetzt Teil 1 der RTL-Soap *Die Entführung der Rolli-Tussi.*«

Sie lacht laut und schrill. Klingt nicht lustig. »Normalerweise, Dicki, würde ich in diesem Moment auf ein anderes Programm umschalten.«

»Ich nicht!«, rufe ich. »Und: Ich heiße nicht Dicki!«

Ich drücke aufs Gas. Sie kreischt ein bisschen, so zwischen

Angst und Glück, das Cabrio macht einen Satz und fährt volle Kanne über unser Küchenradio.

Mann. Mann. Mann. Jetzt ist aber richtig Strom auf der Tapete.

SECHZEHNUHR

Die Bullen ziehen langsam an uns vorbei, voll auf die keifende Müller und Peggy konzentriert. Ich versuche, mein Zittern und das Lenkrad in den Griff zu bekommen, und schaffe es gerade noch, die Bullerei nicht zu rammen.

Ich erlebe alles wie in einem Film. Von Weitem höre ich die Müller und Peggy. Ich bremse, drehe mich kurz um, die Müller zeigt auf uns.

Clara tippt mir auf den Arm: »Kupplung langsam kommen lassen. LANGSAM kommen lassen, hab ich gesagt. Okay. Jetzt zweiter Gang. Und rechts, hey, ganz rechts, das ist übrigens das Gas.«

Ich schnaufe kurz. »Alles klar.«

»Okay, dann mach dich mal locker. Die wenden schon. Wird Zeit, dass du in den Vierten kommst.«

Ich mach, was sie sagt. »Wieso weißt du überhaupt, wie man Auto fährt?«

»Weiß ich halt, Dicki«, sagt Clara achselzuckend, guckt

aufgeregt nach hinten und fängt wieder hysterisch an zu lachen, als wäre sie Darstellerin in einem ganz schlechten Actionfilm. Egal, wenn sie noch einmal Dicki zu mir sagt, lang ich ihr eine.

Inzwischen haben die Bullen das Blaulicht eingeschaltet. Jetzt weiß nicht nur die Müller, sondern die ganze Siedlung, dass bei uns Polen offen ist. Also erst mal raus aus der Siedlung und rauf auf die Umgehungsstraße. Vielleicht können wir sie auf gerader Strecke abhängen. Aus den Augenwinkeln sehe ich die Bushäuschenkaiserin mit ihrem Porsche.

Von wegen abhängen ... die Bullen fahren wie die Profis. Mein lieber Scholli. Erst sah es fast so aus, als hätten die ihren Lappen gerade frisch von Aldi, aber jetzt holen sie richtig auf. Das offene Verdeck des Cabrios hat sich gelöst und flattert wie eine Piratenfahne im Wind. Hoffentlich haut uns das Ding nicht ab. Es ist wahnsinnig laut.

»Du fährst gar nicht schlecht für den Anfang!«, brüllt Clara mit ihrer Glücksangst im Gesicht. Mit diesem merkwürdigen Schattenspiel aus Tomatenrot und Leichenblass finde ich sie irgendwie klasse. Gleichzeitig macht sie mir Angst. Sie und alles andere auch.

Ich versuche, mich zu konzentrieren, aber die Blaulichtsirene hinter uns geht mir auf den Senkel. Es knirscht. Endlich habe ich den fünften Gang gefunden. Bevor mein Stresszeiger durchdreht, höre ich einfach weg, so wie ich es auch bei Peggy mache, wenn ich die Peilung verliere.

»Mann, die kleben ja schon an uns«, sagt Clara plötzlich komplett ruhig.

Ach du Scheiße.

»Guck nur nach vorn und brems nicht. Du bremst auf keinen Fall! Und keine Panik.«

Ich tu einfach, was sie sagt, und fahre volles Rohr auf den Kreisverkehr zu. Mitten rein ins Gewusel. Um uns herum quietschen die Bremsen. Und es klappt! Es klappt wirklich! Wir sind auf der Siegerseite! Die anderen Autofahrer treten in die Eisen und wir, Clara Wiens und ich, wir sind ganz weit vorn. Wow!

Die Bullen haben wir jedenfalls erst mal abgehängt.

»Und jetzt?«, schreie ich gegen den Wind an.

»Sofort die nächste Ausfahrt wieder raus. Damit rechnen die nicht.«

Ich fahre, ohne zu blinken, aus dem Kreisel raus. Eine kurze Gerade noch, dann kommt die Kurve zum Gutspark. Inzwischen schneit es in dicken Flocken, aber der Wind hat nachgelassen. Ich schaue kurz zu Clara rüber. Sie sieht aus wie ein Schneemann mit einem Tomatenkopf.

Da kommt die Kurve und plötzlich bricht der Wagen aus. Ich gehe voll auf die Bremse. Das Cabrio kommt ins Schlingern, Clara greift mir ins Lenkrad und hält dagegen. Mann. Mann. Mann. Jetzt stehen wir. Und die Bullen sind wieder da. Inzwischen haben sie es in den Kreisverkehr geschafft – was auch kein Wunder ist, die anderen Blödmänner bleiben ja alle an der Seite stehen, damit die Bullen freie Fahrt haben. Vor meinem geistigen Auge sehe ich schon einen Helikopter, von dem die Frau vom Jugendamt mit dem Fallschirm abspringt.

Rechts vor uns liegt der Park.

Claras Stimme: »Los, jetzt hier rein! Fahr einfach auf den Holperweg.«

»Wie jetzt? Auf diesen furzigen Holperweg?«

»Genau auf den.«

Ich fahre und quetsche das Auto irgendwie zwischen den hölzernen Absperrungen durch. Kaum hab ich das geschafft, als ich das Heulen der Polizeisirene höre. Vor Schreck nehme ich schlagartig den Fuß vom Gas und das Auto verreckt. Wir, zwei Schneemänner im weißen Cabrio, halten die Luft an.

Und: Sie fahren vorbei.

Schwein gehabt.

Wir sitzen da. Keiner sagt ein Wort.

Kann es echt sein, dass wir die abgehängt haben?

Mann. Mann. Mann.

Die Sirene ist jetzt von Weitem zu hören. Kein Wind mehr. Es schneit. Ich versuche zu denken. Meinen Stresszeiger kann ich gerade nicht einordnen.

Claras Gesicht hat wieder eine relativ normale Farbe, aber ihre Augen haben jetzt was von den Wolfsaugen heute Morgen.

Und mit diesen Wolfsaugen starrt sie mich an, und erst als die Stille schon anfängt, peinlich zu werden, fragt sie: »Und, wer ist jetzt dein Vater?«

Ich denk, Ron Robert, lass dir nichts anmerken, bleib einfach cool. »Und wieso geht dich das was an?«

»Weil wir jetzt hier sitzen, deshalb.« Ihre Augen blitzen.

»Davon hast du gar keine Ahnung, Mädel.«

»Wenn du dich da mal nicht irrst.«

»Musst du eigentlich immer das letzte Wort haben?«

»Sieht ganz so aus. – Und was machen wir jetzt?«

»Na, zurückfahren«, antworte ich vage.

»Und ein neues Zettelchen schreiben? Oder mit den Bullen ein Gläschen Wodka trinken, Dicki?«

Die nächste Grenzüberschreitung. Kurz überlege ich, ihr wirklich eins auf die Nuss zu geben. Dann zucke ich mit den Schultern. Ich habe keine Ahnung, was ich jetzt machen soll. Null.

»Also, ich hab Hunger und ich friere«, sagt sie.

»Jo, klatschnass«, murmle ich.

Dann schweigen wir wieder eine Weile. Keiner weiß so richtig, wo es langgeht.

Schließlich fragt sie: »Hattest du Angst?«

»Nö. Nur Hunger.«

»Alles klar.«

Sie grinst jetzt ihr normales Clara-Grinsen. Amüsiert und leicht arrogant. »Pass mal auf«, sagt sie unvermittelt. »Dreh die Karre um.«

»Wieso?«

»Ich weiß, wo wir was zu essen kriegen. Eine Badewanne gibt's auch. Und wegen der Polizei brauchst du keine Angst zu haben, ist gleich um die Ecke.«

»Ich hab keine Angst.«

»Dann ist ja gut.«

Claras Nase hat während unseres Schlagabtauschs kein einziges Mal gezuckt, die ganze Zeit kein einziges Mal. Ist mir aufgefallen.

Wir fahren zurück zum Parkeingang, vorsichtig und mit Licht. Die Bullen gurken ja hoffentlich schon wieder ganz woanders rum.

Dann biegen wir ab, in Richtung Reichen-Gegend. Da, wo die wohnen, die so viel Geld haben, dass es ihnen aus den Ohren rauskommt, wie Peggy immer sagt.

Nach ein paar Abbiegungen landen wir in einer komplett fremden Stadt. Das soll Frankfurt an der Oder sein? Ich werde unruhig.

»Da vorne links ist es«, sagt Clara und zeigt auf ein riesiges, flaches Haus ohne Stockwerke. Es ist dunkel und sieht unbewohnt aus.

»Und wer wohnt da alles?«, frage ich.

»Wir alle – meine Eltern und ich«, antwortet Clara. »Aber die kommen immer spät.«

Wenn ich so ein Haus hätte, würde ich nie spät kommen.

»Und wohin mit dem Auto?«

»Fahr's in den Carport«, sagt Clara und zeigt auf eine Art Unterstand.

Das kriege ich hin, nur die Mülltonne muss dran glauben. Ich steige aus, man sieht aber nix. Kein Kratzer am Auto. Gut. Man sieht auch nichts von Peggys Poller. Das ist deutsche Wertarbeit. Ich streichle das Schneewittchen sanft. Die Mülltonne dagegen hat eine ganz hübsche Delle. *Bisschen Schwund ist immer.*

Ich hebe den Rolli und Clara aus dem Wagen, setze Clara rein und ignoriere ihren leichten Mogli-Blick. Körperkontakt ist wirklich nicht ihr Ding. Meins auch nicht, aber was soll man machen.

Als sie sitzt, schiebe ich sie vorsichtig in Richtung Hauseingang. Ziemlich viel Schnee und ziemlich glatt, das Ganze.

Nach einer Weile bleibe ich stehen – ich muss das hier einfach mal auf mich wirken lassen. Ich mache die Augen zu.

Ob der Schnee hier anders ist? Vielleicht nicht so kalt und nass? Ich prüfe das, klaue mir was von dem, was auf den winzigen Tannenbäumen rumlungert, und forme einen Schneeball. Der fühlt sich genauso an wie bei uns. Ich rieche dran. Hm, riecht irgendwie reich.

Clara scheint das nicht zu gefallen. Sie dreht sich mit einem eisigen Gesichtsausdruck zu mir um und sagt: »Du müffelst.« Ihre Nase zuckt.

Auf so was antworte ich grundsätzlich nicht. Bei der Müller nicht und auch bei Clara nicht.

Ich schiebe weiter und schaue nur kurz zum Himmel. Sag ich doch: hoch, viel höher als bei uns in der Siedlung. Unendlich. Und so blau, ein tiefes Blau wie bei den großen Taschen von IKEA. Ich kann das grade noch ahnen, dieses Blau, kurz bevor es dunkel wird.

Jetzt, wo ich diesen Himmel und das Haus gesehen habe und mich durch den Clara-Park ackere, glaube ich auch, dass die dreiundzwanzig volle Kühltruhen und vierzehn goldene Badewannen haben. An den paar auserwählten Bäumen, die da so wie bestellt und nicht abgeholt rumstehen, hängen Meisenknödel, damit auch die reichen Vögelein nicht zu kurz kommen. Mein lieber Scholli, der kleinen Henne scheint echt die Sonne aus dem Arsch!

»Verdammt. So was wie hier hab ich bis jetzt nur im Film gesehen. Du hast wirklich Schwein, weißt du das?«, sage ich zu Clara. »Das ist ...«, ich suche nach einem passenden Wort, »... das ist wirklich *schön*. Wir haben nur dreckiges Geschirr in der Dusche.«

»Und? Findest du das ungerecht?«

»Nö. Dafür sitzt die Reichen-Tussi im Rolli.«

Sie hält mir ihr spitzes Kinn entgegen.

Ein Vogel setzt sich auf einen der Reichen-Knödel und ein paar Körner fallen in den Schnee. Schon sieht es nicht mehr so aufgeräumt aus.

Clara guckt sich mit so einem flatternden Rundumblick um und sagt: »Ganz ehrlich, ich brauch das alles nicht.«

Die spinnt doch.

»Sag mal, habt ihr vielleicht auch einen begehbaren Kühlschrank?«, werfe ich ein. »Oder einen grün-blau-rot beleuchteten Swimmingpool?«

»Logisch. Und eine Sternwarte mit Raketenabschussrampe.« Sie kichert kurz. »Wie bei allen Stinkreichen eben.«

Klingt wie Humor.

Wir erreichen eine Tür aus Glas. Clara schließt auf und surrt mit ihrem Rolli in ein leeres Zimmer, groß wie ein Tanzsaal. Hier liegt nichts rum und steht auch nichts drin. Versteh ich nicht, Kohle ohne Ende, aber keine Möbel?

Wie durch Geisterhand geht jetzt überall Licht und leise

Klaviermusik an. Klassik ist ja nicht so mein Ding, aber das hört sich gut an.

Wir stehen im Vorraum und ich glotze. Bilder mit verbeulten Gesichtern. Abstrakte Kunst ist das, ich bin ja nicht blöd. Ich komme mir vor wie in dem Museum, in dem wir mit der Greif waren. Da mussten wir Filzpantoffeln über unsere Straßenschuhe ziehen, damit wir ja nichts zerkratzen.

Unter mir bilden sich feuchte Flecken. Clara bewegt sich wieder und fährt voraus. Ich latsche hinter ihr her. Als Nächstes stehen wir vor einer weißen Sofalandschaft. »Ich muss mal wohin«, sage ich, von der Wärme und der Musik komplett im K.o.-Modus.

Clara deutet nach rechts und sagt: »Na, Dicki, dann lass mal dein Wasser *ab.* Danach komm nach nebenan, klar? Da lassen wir dir Wasser *ein.*«

Ich überhöre den Dicki noch genau ein Mal und tue einfach, was sie sagt. Ich gehe durch die Tür und stehe vor einem Klo. Vor lauter Ehrfurcht kann ich nicht pissen. Das spiegelblanke Becken, das viele Weiß, das ganze Drumherum macht mich endgültig fertig.

Ich gehe wieder raus. Sie hat auf mich gewartet und biegt um die Ecke.

Durch eine milchige Flügelglastür trete ich in den nächsten Saal. Palmen stehen rum und in der Mitte ist eine Wanne eingelassen. In den Boden, das muss man sich mal vorstellen. Und in der Wanne hätte eine komplette Fußballmannschaft Platz. Mitsamt der Ersatzbank.

Der Fußboden ist aus hellrosafarbenem Marmor und die

drei Waschbecken auch. Ungefähr zweihundert bis vierhundertvier schneeweiße Schneewittchenhandtücher liegen auf einem Bord neben der Wanne.

In diesem Moment, in dieser Mamorhalle aus Schnee und Eis, da finde sogar ich: Wir haben schon mal besser gerochen.

Ich lasse Wasser ein und Clara haut eine Ladung Zeugs in die Wanne. Ah, den Geruch kenne ich. Es riecht nach Rosmarinkartoffeln. Mann, riecht das gut. Als Mama mal für den Muckimann gekocht hat, gab es Rosmarinkartoffeln. Das hat genauso gerochen.

Als Nächstes geht auch hier leise Musik an.

Es ist, als würden Clara und ich erst jetzt merken, dass wir allein sind in dem Badepalast. Ich weiß nicht, was ich sagen soll, und Clara auch nicht.

Ihre Nase fängt an zu zucken, sie wendet und fährt aus dem Raum. »Bin gleich wieder da«, sagt sie.

Ich schaue mich noch ein bisschen um. Durch ein riesiges Fenster kann man in den Garten sehen. Und wieder pfeift mein Schwein: Da draußen ist wirklich ein Swimmingpool! Einen Swimmingpool und ein Panoramafenster hab ich letztens in einem beschissen schlechten, komplett unrealistischen *Tatort* gesehen. Da haben die kriminellen Subjekte ihr Opfer allerdings durch genau so ein Fenster ins Visier genommen und ihm einen Kopfschuss verpasst.

Bevor in mir jetzt dieser Scheißfilm abläuft, steige ich in voller Montur in die halb volle Wanne und verbrenne mir den Hintern. Ich springe wieder raus und lasse noch Kaltes einlaufen. Als das Wasser die richtige Temperatur hat, steige ich wieder rein. Ich setze die Kopfhörer auf, die neben der Wanne an einem weißen verschnörkelten Haken hängen, schließe die Augen und bin im Paradies.

Als ich nach ungefähr siebzehneinhalb Stunden die Augen wieder öffne, wird aus dem Paradies das Schlaraffenland. Clara steht mit ihrem Rolli vor der Wanne. Auf ihrem Schoß hat sie ein Tablett mit zwei Gläsern und zwei wagenradmäßigen Tellern. Ich rieche Hähnchen. Brathähnchen.

Clara klappt vier Tischbeine an dem Tablett herunter und fährt schwungvoll an die Wanne ran. Ganz nah.

Beim Geruch des Hähnchens läuft mir das Wasser im Mund zusammen. Durch meine Kopfhörer kann ich nicht hören, was sie sagt. Eigentlich will ich das auch gar nicht. Ich nehme alles wie durch einen Nebel wahr.

Bevor ich überhaupt den Mund aufkriege, wirft sie mir einen Hähnchenflügel zu. Er fällt volle Kanne ins Wasser. Da schwimmt also jetzt ein plitschnasses Flügelchen, eingehüllt in Rosmarinkartoffelduft und Klaviermusik.

Clara zieht einen der Kopfhörer von meinem Ohr weg und sagt laut: »Ruck, zuck, Mikrowelle. Willst du 'ne Cola dazu?«

Ich nicke und chille weiter, prüfe kurz meinen Stresszeiger. Der liegt beinahe bei eins. Scheiße, gleich bin ich im Himmel und tot!

Clara legt mir noch drei Flügelchen auf den Wannenrand und verzieht sich aus dem Bade-Schlemmer-Paradies. Hier riecht es mittlerweile nach einer Rosmarinkartoffelexplosion. Und ich fühle mich wie Gott in Frankfurt.

Durch das Panoramafenster sehe ich eine riesige Tanne mit Schneewolken drauf. Sieht aus, als hätte jemand mit zwei Händen in eine Sahneschüssel gegriffen und die Wolken gekonnt auf die Tannen gehäuft. Gärtner, Köchin oder sogar der liebe Gott, was weiß denn ich. Peggy, denke ich kurz. Wenn das Peggy sehen könnte. – Ach, was soll's, sonst hab immer ich die Arschkarte, sie kommt schon klar, wird die Bullen um ihre schlanken Finger wickeln.

Irgendwo klingelt ein Telefon.

Was würde wohl passieren, wenn Claras Eltern plötzlich hier auftauchen? Ob der Schnee draußen sich dann in Asche verwandelt oder ob es Wolfspisse regnet?

SIEBZEHNUHRDREI

Als das Wasser langsam, aber sicher kalt wird, nehme ich die Kopfhörer ab, schaue auf meine Uhr und frage mich, wo Clara ist. Wenn sie nicht kommt, kann ich vielleicht meine Klamotten ausziehen. Wobei das ja so eigentlich superpraktisch war. Sind sie gleich mitgewaschen.

Ich stehe auf. Die nassen Dinger kleben an mir wie Pattex. Ungemütlich. Ich rutsche erst mal zurück ins Wasser, aber irgendwie ist der Rosmarinzauber verflogen. Ich bin kribbelig. Ich stehe wieder auf und steige aus der Wanne. Meine

Haut ist mittlerweile schrumpelig wie die von der Müller. Sieht nicht gut aus. Ich rubbele mich und meine Klamotten gründlich mit einem dieser fedrigen Riesenhandtücher ab. Danach räume ich ein bisschen auf, lasse mir Zeit dabei. Als Clara immer noch nicht auftaucht, ziehe ich los. Mal sehen, wohin sie sich verkrümelt hat.

Aus einem der vielen Zimmer höre ich jemanden tippen. Ziemlich schnell, wie eine Stenotypistin. Peggy wollte sich mal auf Stenotypistin umschulen lassen. Weil sie das Wort so schön fand. Die Pappnasen beim Arbeitsamt haben sie ausgelacht: Frau Ranke, da hätten Sie mal früher aufstehen müssen, diesen Beruf gibt es gar nicht mehr. Das heißt jetzt Sekretärin. Die Prüfung hat sie dann auch knapp nicht bestanden.

Ich biege mal wieder um eine Ecke. Das muss wohl Claras Zimmer sein: geräumig, aber ziemlich dunkel. Ganz anders als die anderen Zimmer hier. Ein riesiges Bett, Bücherregale und eine Wand voller Fotos. Schrottplätze mit Butterblumen. So was halt. Hier ist alles schwarz, sogar die Bücher, und überm Bett ein Plakat von irgendeiner Zombie-Band. Krass, das alles. Aber nicht schlecht. Das nicht.

Clara sitzt am Schreibtisch, direkt vorm Fenster, vor ihr ein Bildschirm mit so einem Auto-Computerspiel drauf. Ich bleibe in der Tür stehen. »Das Telefon hat geklingelt«, sage ich, um irgendwas zu sagen.

Sie fährt herum wie eine Katze, der man auf den Schwanz getreten hat, und faucht: »Hast du gelauscht?!«

Ich starre sie an. Mann, sieht die krass aus. Jetzt sind nicht nur ihre Klamotten schwarz, sondern auch ihre Augen. Davon hat sie neuerdings drei. Das in der Mitte ist leicht ausgefranst, ihre Haut leichenblass geschminkt.

»Okay, ich hab gebadet. Und du hast dir 'ne Tüte Mehl ins Gesicht gehauen und dich in einen Zombie verwandelt, richtig?«

»Richtig. Und wie seh ich aus, so als Zombie?«

»Super. Vor allem das dritte Auge.«

»Im Lügen bist du auch schlecht. Sehr schlecht.«

»Na und?«

Wir schweigen uns mal wieder ein bisschen an.

»Hör zu, Dicki. Ich hab für heute Abend zwei Konzertkarten in Berlin. Du ziehst dir was Anständiges an und dann fahren wir los.«

Ich hole tief Luft und brülle: »Wenn du noch *ein* Mal Dicki zu mir sagst, kriegst du eine gescheuert, aber voll!« Ich bin so laut, dass das leichenblasse Hühnchen kurz noch blasser wird.

Sie fängt sich aber gleich wieder und meint ganz seidenweich: »Okay, Ron Robert, krieg dich ein. Was sagst du nun zum Konzert?«

Ich lasse mich auf ihr Bett fallen. »Bekloppt, das sage ich. Wir beide fahren nach Berlin zu so einem Drei-Glubscherchen-Zombie-Konzert, hä? Und wie soll das gehen?«

»Mann, ich hab Konzertkarten. Und wir haben ein Auto. Wegbeschreibung aus dem Internet ist schon ausgedruckt.« Sie wedelt mit einem Stück Papier. »INTERNET! Hast du schon mal davon gehört? Sind nicht mal hundert Kilometer.

Und keine Angst: Wir lassen das Auto vor Berlin stehen und fahren das letzte Stück mit der S-Bahn rein.«

»Ich hab keine Angst«, knurre ich. Dabei rotiert mein Stresszeiger wie verrückt.

»Dann ist ja gut«, sagt Clara mit Lupenblick. »Und das hier hat jetzt mal Sendepause«, sagt sie und wirft ihr Handy aufs Bett. »Und ... Action!« Sie rollt mit ziemlicher Geschwindigkeit aus dem Zimmer.

Na gut, denke ich. Action zum Geburtstag ist ja zur Abwechslung auch mal nicht schlecht.

Ich hieve mich hoch und schlappe ihr hinterher.

Neben dem Schlafzimmer ihrer Eltern ist ein Raum ohne Fenster. In dieses Zimmer würde unsere ganze Wohnung reinpassen. Links hängen Kleider, rechts Anzüge. Vor mir die Wand ist ein einziger Spiegel. Diese Bude hier hat exakt die ideale Größe für ein Materiallager. Das Eins-a-Materiallager von Ron Robert Ranke.

»Da müsste was passen. Mein Vater ist auch so ein Riese wie du.«

Das Mädel ist voll in seinem Element. Keine Ahnung, warum die plötzlich wieder so durchgeknallt ist. Ein bisschen wie Mama, wenn sie ein, zwei Schnäpschen trinkt und zu tanzen anfängt. Ungefähr so kommt mir Clara jetzt vor.

»Also komm, such dir was zum Anziehen.« Sie rollt vor die Kleiderstange und blättert die hundert Anzüge ihres Vaters wie ein Buch durch. »Die blauen und grauen können wir vergessen. Wir suchen schwarz.«

»Gibt's nicht noch eine andere Farbe?«

»Was denn für eine?«

»Na, was Schickeres. Weiß vielleicht?«

Clara guckt mich mitleidig an. »Da geht *nur* Schwarz.«

»Aha, Gruftis eben.«

»Gruftis …! Das sagt doch keiner.«

»Ach, und was sagt man dann? Doch Zombies?«

»Weiß ich auch nicht so genau. Los, zieh die feuchten Klamotten aus. Ich guck auch nicht.« Demonstrativ dreht sie ihren Rolli um.

Mann, die Frau ist das reinste Rollkommando. Aber irgendwie bin ich überrumpelt von ihrer Power.

Langsam schäle ich mich aus meinen feuchten Sachen. Meine Unterhose lasse ich an. Ich gucke mir jeden schwarzen Anzug an und entscheide mich schließlich für den letzten. Der glänzt komplett unrealistisch. Clara zieht inzwischen alle Schubladen auf und wirft mir einen schwarzen Pullover hin. Ich hätte mich wenigstens für ein *weißes* Hemd entschieden, aber der Pulli fasst sich an wie ein junges Kaninchen. Die Jacke ist an den Schultern ein bisschen knapp, geht aber so grade. Ich sehe mich im Spiegel an. Voll elegant das alles. Zu schwarz für meinen Geschmack, aber okay. Ich guck an mir runter. Mann. Mann. Mann. Diese Kutte würde wahrscheinlich richtig was einbringen, materiallagertechnisch und so. Andererseits, wer soll das anziehen? Ich kenne keinen. Weiß dagegen würde weggehen wie Schmidts Katze. Da kenn ich mich aus. »Fertig«, sage ich.

Clara dreht sich um und beäugt mich, als wäre ich ein Grundstück, das sie kaufen will. Von oben bis unten und von links nach rechts. »Geht doch, Dick... äh, Ronnie.« Sie lächelt. »Komm mit.«

Sie fährt zurück ins Badeparadies. »Was die Klamotten betrifft, bist du nicht wiederzuerkennen. Aber die Haare gehen gar nicht. Die schneide ich dir noch. Setz dich.«

»Ich lass mir die Haare nicht von irgendwem schneiden.«

»Nur von Mutti?«

Boah, die tanzt voll auf Messers Schneide. Andererseits ... Haare schneiden war eh grade dran. Also setze ich mich auf den Badewannenrand, während Clara eine Schere holt. Dann rückt sie ziemlich dicht an mich ran. Ich fange an zu schwitzen und ihre Nase zuckt.

»Augen zu und durch«, sagt sie. Ich schließe die Augen, sie schnippelt und ich beginne mich langsam wieder zu beruhigen. Der Stresszeiger bewegt sich Richtung sechs.

»Und? Was ist das jetzt für ein Konzert?«

»Wirst du ja sehen.«

»Und für wen war die zweite Karte?«

Sie schnippelt einfach weiter. »Was geht dich das an?«

»Meine Haare gehen dich doch auch nichts an.«

»Hey, das kann man ja wohl nicht vergleichen.«

»Nee, klar. Und wieso jetzt nicht?«

»Ist eben so.«

Dann werfe ich ihr einen fetten Brocken hin. »Ich war noch nie auf 'nem Konzert. Schon gar nicht auf einem Zombie-Konzert. Ich glaub, ich finde Zombie-Musik auch richtig scheiße.«

Keine Antwort. Nur die Schere klappert heftiger.

Nach einer Weile sagt sie: »Fertig. Los, guck in den Spiegel und lob mich.«

Ich klappe die Augen auf. »Scheiße, seh ich behindert aus.«

»Du siehst super aus.« Sie lacht und holt eine Büchse Haargel aus der Schublade. »So, das schmierst du dir rein – alles schön nach oben und hinten. Und zuletzt schminke ich dich.«

»Das machst du nicht!«

»Okay, mach dich locker.«

»War 'n Scherz, richtig?«

»Genau. Ich pack noch ein paar Sachen und ab die Post.«

Das Rollkommando düst ab.

Kaum ist sie weg, da fällt mir was ein. Mein Herz schlägt bis in die letzte Gehirnzelle. Ich greife in die Hosentasche meiner Jeans, die wie ein toter Kater vor mir auf dem Boden liegt. Die Tasche ist leer.

Ich hocke mich wieder auf den Wannenrand und sitze wie festgetackert. In mir ist plötzlich ein Riesenloch, so groß wie dieses Badeparadies. Quatsch, so groß wie diese Reichen-Bude. Nee, wie diese beschissene Frankfurt/Oder-Reichen-Gegend.

Zeit zu gehen.

Ich werd jetzt einfach wieder meine eigenen Klamotten anziehen und das Foto suchen. Genau das werde ich tun.

Aber ich kann nicht aufstehen. Ich bleibe einfach sitzen. Wie ein Zombie in der Reha, total unrealistisch.

Da steht Clara in der Tür, mit einer Tasche auf dem Schoß.

»Du brauchst noch Schuhe«, sagt sie sanft, und ihre Augen haben einen grünlichen Glanz.

Meine Fresse ist wahrscheinlich weiß wie ein Mozzarellakäse. »Ich ziehe meine eigenen Schuhe an!«, schnauze ich.

Claras Nase zuckt leicht. Dann sagt sie: »Okay, wenn du dich unbedingt als Asi outen willst. Weiße Turnschuhe und schwarzer Anzug, cool!«

»Hör zu«, sage ich. »Nur damit wir uns verstehen. Ich brauche deine Almosen nicht. Ich bin, wie ich bin. Und weiße Turnschuhe sind megacool, du Suppenhuhn, so cool wie die Knöchelchen da um deinen Hals. Und«, ich rede mich in Rage, »weißt du was? Ich habe sowieso was Wichtigeres vor.« Die tote Jeans auf dem Boden vor mir gibt keinen Ton von sich.

Ich nehme mal an, dass unser Ausflug jetzt zu Ende ist, bevor wir überhaupt losgefahren sind.

»Suchst du das?« Sie hat mein Foto in der Hand und wirft es mir zu.

Peggy fällt mit dem Gesicht auf den Marmorboden.

Ich hebe sie vorsichtig auf und schaue ihr in diese großen braunen Augen. Dann zu Clara.

»Wann hast du das geklaut?« Ich stehe gerade total neben mir und sehe mir zu, wie ich hier stehe. Selbst meine Stimme hört sich fremdgesteuert an. Peggy würde sagen: Du hörst dich an wie ein angeschossenes Kaninchen. Und zwar wie ein angeschossenes, verkleidetes Kaninchen.

»Nix geklaut«, höre ich Clara sagen. »Lag im Ankleidezimmer auf dem Boden.«

Ich sage nichts.

Aber Clara hat sich inzwischen warm geredet. »Wer ist das? Erinnert mich an jemand, aber deine Mutter ist das nicht, oder?«

Ich sage immer noch nichts.

Clara stupst mich an. »Können wir dann mal?«, fragt sie und grinst.

»Erklär mir die Welt, du scheinst was zu wissen«, sag ich langsam. Ich brauche noch eine Weile, aber dann grinse ich auch. Peggy stecke ich in meine Anzugtasche. Das Foto passt exakt rein. Exakt und auf Kante. So ist es gut.

SIEBZEHNUHRVIERZIG

Ein Carport ist auch so ein Ding. Im Wilden Westen würde man da seinen Gaul abstellen oder so was in der Art. Clara hockt neben mir und wirkt plötzlich auf mich wie jemand, der laufen kann, sehr schnell sogar. Sie strahlt mich aus ihren drei Zombie-Glubscherchen an. Ja, genau, wenn sie laufen könnte, würde sie jetzt wahrscheinlich wie eine Irre um das Auto rumrennen, so wie sie drauf ist. Dabei würde sie lautstark dirigieren, damit ich wieder aus dem Carport-Ding rauskomme.

Seitdem ich das Computerspiel auf ihrem Bildschirm gesehen habe, hab ich eine ungefähre Vorstellung, wieso sie bei allem, was Autofahren betrifft, so eine Peilung hat. Muss ich mir mal ausleihen, das Ding, spart den Führerschein.

Sie redet in einer Tour und in einem Affenzahn, seit wir das Haus verlassen haben.

»Jetzt den Rückwärtsgang! Drücken. Du musst den Knüppel runterdrücken, hast du das schon vergessen?«

Ich ramme den Rückwärtsgang rein, fange trotz der kalten Winterluft wieder an zu schwitzen. Vielleicht macht das das tote Kaninchen, das ich anhabe. Dann springt mein Schneewittchen ein Stück nach hinten. Es kracht.

»Okay, das war wieder die Mülltonne«, sagt Clara.

»Ich hab wirklich nichts gegen die«, sage ich.

»Aber die vielleicht gegen uns. Was stellt die sich auch immer dahin, wo sie nicht hingehört.«

Inzwischen bin ich aus dem merkwürdigen Unterstand raus. Der wäre was für die Bushäuschenkaiserin, wenn an ihrer Haltestelle mal renoviert wird oder so.

»Ach, und das Verdeck, Ron Robert. Das Verdeck. Willst du, dass dir Eiszapfen am Pony wachsen? Wir fahren nach Berlin ... bis dahin wär'n wir hin.«

Auto fahren scheint sie anzutörnen. Jetzt reimt sie auch noch. Irgendwie ist die drüber. Clara ist eine komplexe, kleine Lady, hat die Greif mal leicht verzweifelt gemurmelt, als das Huhn wieder glasklar rumargumentierte, weil sie irgendwas nicht machen wollte. Oder doch machen, aber eben auf ihre Art. Ich habe den Satz damals nicht kapiert. Ich finde Clara weißauchnichtwie.

»Für einen Reim steig ich gerne aus und ein.« Ich fummle am Verdeck herum und mit ihren astreinen Anweisungen kriege ich das Teil irgendwie geschlossen. Was würde ich ohne dich machen, du Huhn, denke ich. Und versuche gleichzeitig, einen klaren Gedanken zu fassen: Wenn der Mucki-Bert in der Zwischenzeit bei Peggy aufgetaucht ist, können die sich eigentlich denken, wo wir sind. Die sind ja nicht doof. Ich wundere mich fast, dass hier noch keiner aufgelaufen ist.

Zum Abschied schau ich noch mal auf die verwöhnten Schneetannen und denke mir, boah, was finde ich euch scheiße.

Da kommt auch schon das nächste Kommando: »Jetzt ab in den ersten Gang und los!«

Und weil ich ihn nicht gleich finde, den behinderten Gang, hilft sie mir, klar. »Mann, hast du schwarze Löcher im Gedächtnis.« Sie lacht.

Wir fahren ein paar Meter im ersten Gang und direkt vor dem Nachbarhaus würge ich Schneewittchen wieder ab.

»Shit«, sagt Clara. »Lass uns bloß abhauen, bevor die uns sehen und Alarm schlagen.«

Mann, die hat gut reden ... Vor mir blinkt wie verrückt eine rote Lampe und mein Stresszeiger macht sofort wieder einen auf Achterbahn.

»Okay.« Selbst Clara kommt ein bisschen runter. »Rote Lampe. Das kann vieles heißen. Was ist da für ein Zeichen drunter?«

Die macht mich wahnsinnig. »Da sind viele Zeichen.«

Clara verdreht die Augen und reckt sich so weit nach vorn, dass sie mich berührt.

»Drehzahlmesser. Tachometer. Tankanzeige«, sagt sie und feuert ihren Zeigefinger auf die Zeichen ab. Dann federt sie wieder auf ihren Sitz zurück. »Und was blinkt nun?«

Ich sage nichts. Bin ich in der Schule, oder was?

»Also gut. Die Tankanzeige blinkt. Wir müssen nur tanken.«

»Tanken? Tanken ist nicht. Ich hab höchstens fünf Euro in der Tasche.« Mehr habe ich nie dabei, seitdem mir mal die Kasse meines Materiallagers geklaut worden ist.

»Kein Problem«, sagt Clara und strahlt mich mit ihrem Drei-Augen-Mehlgesicht dermaßen von sich selbst begeistert an, dass ich lachen muss. Sie kramt in ihrer Tasche und hält ein Bündel Geldscheine hoch. »So was Feines liegt bei Papi im Schreibtisch. Das heißt, lag.« Sie kriegt sich gar nicht mehr ein. »Na, mach schon, fahr zur Tankstelle!«

Die hat jede Menge kriminelle Energie und einen Eins-a-Chefcharakter, das muss man ihr lassen. Mann. Mann. Mann. Was die mir da unter der Nase rumwedelt, das müssen mindestens tausend Euro sein. Aber vor dem Tanken muss ich Schneewittchen erst mal wieder in Gang bringen.

Irgendwann schnurrt sie wieder. »Wohin?«, frage ich.

»Fahr mal da vorne links den Berg hoch. Das ist eine Abkürzung.«

»Okay, Chefin.«

Als wir am Berg sind, folgen die nächsten Anweisungen: »Schalt hoch und bergab wieder runter.«

Ich fahre den kleinen Hügel langsam hoch. Ist ziemlich rutschig, das Ganze. Mittlerweile hat es aufgehört zu schneien. Aber oben gehe ich auf die Klötze. Schon der Hügel kam mir irgendwie bekannt vor, jetzt ist es sicher: Da liegt sie vor mir, *unsere* Tanke. Und zum Abhauen haben wir keinen Tropfen Benzin mehr. Ich schwitze heftig in das tote Kaninchen rein, das fängt bestimmt gleich an zu leben.

Clara legt die Stirn in Falten. »Was ist los?«

»Ich stinke.«

»Und sonst?«

»Das mit dem Tanken wird nicht klappen. Meine Mutter jobbt hier. Und mit der Bushäuschenkaiserin steh ich da schon mal am Tresen und schlürfe 'ne Cola.«

»Wer ist denn die Bushäuschenkaiserin?«

»Freundin von mir.«

»Gut. Lass das Auto einfach rollen. Das kriegen wir hin«, sagt sie, und ich höre, wie ihre Lippen gerade noch den Dicki wieder verschlucken. Möchte ich ihr auch geraten haben.

Ich schlingere den Hügel runter und rolle vor die Zapfsäule.

»Kein Diesel, kein Super, einfach Benzin«, sagt Clara, die die Gebrauchsanweisung des Cabrios aus dem Handschuhfach geholt hat.

Ich rolle noch eine Zapfsäule weiter. Dann stehen wir und ich werfe einen vorsichtigen Blick nach draußen. Ist wie immer nicht viel los. Kein Wunder bei den Preisen, sagt Peggy immer.

»So, du tankst, dann gehst du zum Bezahlen rein. Wenn

dich jemand fragt, sagst du, dass Peggy und Bert im Auto sitzen. Ich winke dann.« Sie drückt mir einen Hunderteuroschein in die Hand.

»Okay, nehmen wir mal an, du bist Peggy. Und dann erzähl ich drin, dass Bert sich ganz kurz unsichtbar gemacht hat, richtig?«

»Die Scheiben sind beschlagen. Wird schon hinhauen.«

Ich bin mir da nicht so sicher, habe aber auch keine bessere Idee.

»Und tanken? Tanken kannst du?«

»Bert würde sagen, das muss ein ganzer Kerl können. Ein ganzer Kerl – eines seiner geflügelten Worte. Wenn er das sagt, lacht Peggy immer hysterisch.«

»Ja, das passt zu ihm«, sagt Clara und verzieht den Mund. »Aber Auto fahren kann er. Das ist mehr, als mein früherer Möchtegernfahrer so draufhatte. Du magst ihn nicht, richtig?«

Ich zucke mit den Schultern und steige aus. Das ist das erste Mal, dass sie was gesagt hat über Bert.

Beim Tanken geht ein bisschen Benzin daneben. Voll auf die Anzughose. Als ich fertig bin, stehe ich unschlüssig rum. Ich kann nicht sehen, wer an der Kasse ist. Scheiße. Einfach abhauen geht auch nicht, über mir hängt eine ganze Latte Kameras. Da fühlt man sich immer so beobachtet wie in einer Peepshow.

Plötzlich sehe ich die Bushäuschenkaiserin mit ihrem Porsche um die Ecke schieben. Sie erkennt mich erst gar nicht. Sie stutzt, mustert mich und meint: »Jemand gestorben?«

Ich gucke nur blöd an mir runter.

»Du stinkst übrigens nach Sprit.« Gleichzeitig entdeckt sie das Cabrio mit Clara drin und fragt: »Ist sie da drin?«

»Wer jetzt?«

»Na, die Entführte.« Sie zwinkert mir zu. »Die ganze Siedlung tratscht über euch. Dafür hat die Müller schon gesorgt.«

»Okay«, sage ich und kratze mich am Kopf.

»Und der Muckimann? Wo ist der?«

»Wie jetzt?«

»Der fährt doch das Mädel nach Hause, hat Peggy den Bullen gesagt.«

»Hat sie?«

»Hat sie.«

Ich denke darüber nach. Dann macht es Bingo. »Oh, gut.«

»Ist das gut?«

Ich nicke. »Pass auf, ich entführe sie nach Berlin. Zombie-Konzert und so. Dort feiern wir Verlobung oder so was in der Art, verstehst du? Aber kein Wort zu niemandem, auch nicht zu Peggy. Ich hab jede Menge Kohle dabei. Willst du was abhaben?« Ich reiche ihr den Hunderter.

»Banküberfall?«, fragt die Kaiserin.

Ich schüttle den Kopf. »Das traust du mir zu?«

»Ich hab auch schon gute Jungs stürzen sehen«, sagt die Kaiserin. »Deine Kohle brauch ich nicht, die behalte mal. Hauptsache, du hast den Führerschein nicht vergessen.« Sie haucht sich auf die Finger, schaut mir tief in die Augen und legt mir ihre weiche Hand auf die Schulter. In ihren Augen brennt so was wie ein Lagerfeuer, an dem man sich wärmen kann. Ich könnte noch ewig so stehen. Da nimmt sie die Hand wieder weg, nickt mir kurz zu und zockelt weiter.

Das mit dem Tief-in-die-Augen-Gucken ist so eine Angewohnheit von ihr, die mich immer ganz kirre macht. In meinem Lager müsste ich ein paar Handschuhe für sie haben. Die kriegt sie, wenn ich wieder da bin.

Clara öffnet die Autoscheibe einen Spalt, schaut der Kaiserin argwöhnisch hinterher und flüstert laut: »Was hast du der erzählt?«

»Nix.«

»Und was hast du ihr gegeben?«

»Gar nix!«

Claras Augen geben Strom ab. Sie glaubt mir kein Wort.

»Ich geh dann mal«, sage ich.

Widerwillig schiebe ich ab Richtung Kassenraum.

Clara sieht, wie ich zögere, und ruft: »Go, Dicki, go! Zapfsäule fünf!« Urplötzlich hat sie wieder beste Laune und grinst wie ein Honigkuchenpferd. »Du schaffst das, Dicki.«

Sehr witzig. Der Doppel-Dicki kommt definitiv auf die Blacklist.

Drinnen versuche ich mich an die Regale zu drücken, was nicht einfach ist, wenn man die Figur von King Kong hat. Mann, Schwein gehabt. Heute ist eine Frau an der Kasse, die ich noch nie gesehen habe. Ich halte ihr die Kohle unter die Nase.

Und jetzt, jetzt kommt Ilse doch um die Ecke.

Ich krieg sofort das Flattern. Mann, Mann, Mann, reiß dich zusammen, Kumpel!

Ilse quatscht auch gleich drauflos: »Ron Robert, was machst du denn hier? Ist nicht heute Cabriotag? Und wo ist Peggy? Ist sie draußen? Das ist gut. Ich muss sie eh was fragen.«

Verdammt, ich bin in so was null geistesblitzig. Aber irgendwas muss ich sagen, sonst steht Ilse draußen und zerrt Clara aus dem Auto. Wie in Trance höre ich mich sagen: »Exakt, Peggy sitzt mit Bert im Auto. Aber die hauen sich gerade ein bisschen die Köppe ein, verbal gesehen. Da gehst du besser nicht hin.« Ich bin heilfroh, dass mir auf den letzten Zentimetern doch noch was eingefallen ist.

Ilse lacht, schaut raus. Clara winkt durch den Spalt, man sieht nur den Arm, die Scheibe ist wirklich voll beschlagen. Die sollte Krimis schreiben, das Mädel, hat alles in kürzester Zeit durchdacht. Irgendwie unheimlich.

Ilse winkt zurück. »Sieht ja wirklich toll aus der Schlitten. Okay, dann lass ich sie mal. Sag ihr aber, dass sie mich anrufen soll. Wenn du zu Wort kommst.« Lächelnd wirft sie mir eine Tüte Gummibärchen zu.

Ich fange und hebe die Hand. »Yes.«

Die Neue an der Kasse grinst. Na, geht doch.

ACHTZEHNUHRFÜNF

Als ich wieder draußen stehe, bin ich komplett durch. Mein Stresszeiger hat sich mittlerweile einmal um die eigene Achse gedreht. Ilse guckt mir nach, unsere Blicke treffen sich. Als sie das Interesse an mir verliert, würge ich mich rasch ins Cabrio. Nichts wie weg von hier.

Clara hat schon den Gang eingelegt.

»Sag jetzt bloß nichts«, murmle ich.

Clara hält mir wortlos ein Taschentuch hin.

Dann sind wir weg von der Tankstelle, weg von Ilse, weg von dem Riesen-Reichen-Haus und weg von den Hochhäusern. Raus aus Frankfurt. Hab ich noch nicht so oft gemacht. Warum auch? Da draußen ist nichts, außer ein paar Wölfen. Und die brauche ich wirklich nicht.

Clara füttert das Navi. »Wir fahren Landstraße, da ist nicht so viel los wie auf der Autobahn«, sagt sie. »Schalte, wenn ich's dir sage. An der nächsten Kreuzung rechts den Blinker setzen.« Dann erklärt sie mir detailliert den Weg, obwohl das ja die Navi-Tussi für sie machen könnte. Sie hat einfach gern die Kontrolle über alles. Jetzt redet sie, als hätte jemand literweise Wörter in sie reingeschüttet. Ich mache erst mal, was sie sagt. Irgendwann wird meine Gehirnmasse schon wieder in Gang kommen. Und dann tu ich, was *ich* für richtig halte. Bis dahin halte ich durch. So mache ich es bei Peggy auch immer.

Obwohl mit der Karre jetzt alles so weit klappt, bin ich immer noch unter Strom. Die Fahrerei ist echt nicht das Gelbe vom Ei. Es dämmert, ist rutschig und wir kommen nur langsam voran. Die Straße wird schmaler, und plötzlich sind wir in der längsten Kurve, die ich je gesehen habe, die Bäume rücken mir auf die Pelle und ich habe das Gefühl, wir drehen uns im Kreis.

Ein Auto kommt uns entgegen, ein Riesenoschi. Die gelben Scheinwerfer blenden mich schon von Weitem. Als es näher kommt, starre ich nur noch in das Licht. Die Scheinwerfer sehen aus wie überdimensionierte Wolfsaugen. Ich kriege einen Schweißausbruch. Bevor wir an einem Baum landen, fahre ich rechts ran und drehe den Zündschlüssel um. Wir stehen im Dunkeln. Ich atme. Laut.

»Was ist los?«, fragt Clara.

»Geht dich nichts an.«

»Spinnst du?«

»Okay. Die Wölfe sind los.«

»Was heißt das, die Wölfe sind los?«

Ich hole tief Luft. »Weißt du, wie das ist, wenn du morgens um fünf, wenn alles noch dunkel ist, aufwachst, weil eine Meute Wölfe nach dir schnappt?« Ich gucke kurz zu ihr rüber. Sie grinst nicht. »Nicht so normale Wölfe, sondern Polarwölfe oder so. Riesig sind die. Und drüben liegt deine Mutter mit ihrem neuen Muckimann im Bett. In dir drin ist es kalt. Und du weißt, du wirst das immer wieder träumen. Morgen, übermorgen oder erst nächste Woche, falls du Glück hast. Und du weißt auch, dass sie dich irgendwann kriegen werden.«

»Irgendwann, Ron Robert. Vielleicht. Aber nicht heute, nicht jetzt.«

»Stink ich nach Pisse?«

»Ja, aber wo die Angst ist, geht's lang.«

»Psychokacke!«

»Psychokacke.«

Ich muss auf einmal lachen, Clara auch. Dann drehe ich den Zündschlüssel um und schalte das Licht wieder ein. Der Wolf hat sich vom Acker gemacht. Ich starte.

»Jetzt geht es erst mal eine ganze Weile nur noch geradeaus. Was zu essen?« Clara fummelt in ihrer Tasche rum, in die sie hoffentlich den ganzen Kühlschrank eingepackt hat. Sie hält mir eine Chipstüte unter die Nase. Ich nehme mir eine Handvoll. Puh, die schmecken extrem unnatürlich. Irgendwie gesund.

Mein strenger Geruch verflüchtigt sich langsam. Wir fahren. Nee, *ich* fahre. Niemand sagt was. Schön. Langsam kriege ich Routine: Vor uns die leere Straße. Bäume. Schilder. Über uns der Himmel ist dunkel. Und Schneewittchen schnurrt.

Nach einer Weile wird das Schweigen irgendwie ungemütlich. Ich sehe kurz zur Seite. Clara hat was im Gesicht, was ich nicht deuten kann. »Alles sonst klar bei dir?«, frage ich.

»Guck einfach auf die Straße.« Ihre Nase zuckt und ist weiß.

»Kennst du Wahrheit oder Pflicht?«, fragt sie plötzlich.

»Wahrheit wäre nicht übel«, sage ich und grinse sie an.

»Hey, die Straße ist da vorne«, kommt es scharf von rechts. Solche extremen Stimmungswechsel kenne ich sonst nur von Peggy.

»War ja klar, dass du das nicht kennst. Ist schließlich ein Partyspiel«, sagt sie. »Und du und Partys, das ist wie die Müller und Trigonomusik. Na gut, ich erklär's dir. Stell dir vor, wir sitzen uns gegenüber.«

»Wo jetzt?«

»Mann, irgendwo auf der Welt. Du hast eine leere Weinflasche in der Hand. Du drehst die Flasche auf dem Boden und irgendwann landet die Flasche genau mit dem Hals vor mir. Hast du's?«

Ich verstehe nichts und nicke einfach mal.

»Und dann sagst du: ›Wahrheit oder Pflicht?‹ Und ich, ich denke lange drüber nach, ob ich Wahrheit sage. Dann hab ich mich entschieden. ›Wahrheit‹, sage ich. Und du guckst mich an und überlegst. Dann stellst du mir eine Frage. Eine, die du nie vorhattest zu stellen, und jetzt fragst du mich.«

Verdammt, was will die von mir?

»Also, du fragst mich: ›Clara, hast du dich schon mal frei gefühlt? So richtig frei? Vogelfrei?‹«, fragt sie und ahmt sogar ein bisschen meine Stimme nach. Dann wechselt sie wieder in ihre Clara-Stimme. »›Du meinst, so frei, dass es einem eigentlich schon fast wieder Angst machen könnte, weil es heißt, sich von allem gelöst zu haben?‹«, frage ich dich zurück. Und als du nickst, überlege ich, ob ich dir nicht doch besser irgendeinen Schwachsinn erzähle. Irgendeinen Quatsch, den ich grade erfunden habe …«

Ich gucke kurz rüber zu ihr, weil sie nichts mehr sagt. Clara starrt nach vorn, in dieses schwarze Loch von Gegend. In irgendeine Ewigkeit. Ich höre sie schlucken, und ich weiß immer noch nicht, was das hier werden soll. Jetzt spricht sie schon für mich. Und ich denke, vogelfrei, das brauch ich wirklich nicht.

»Und ich entscheide mich, dir *wirklich* die Wahrheit zu sagen«, redet sie wieder mit ihrer Clara-Stimme weiter. »Die ganze Wahrheit. So sind die Regeln. Und jetzt halte ich mich dran. Hör genau zu: Es war letztes Jahr am 12. Dezember.«

Einen Tag vor meinem Geburtstag, denke ich.

»Vielleicht hätte ich's schon merken können, als der Wecker klingelte. Aber da habe ich noch nichts mitgekriegt. Ich hab mein Müsli gegessen, wie jeden Morgen. Und am Kühlschrank klebten diese gelben Zettel. Die klebt meine Mutter immer da ran, wenn ich allein zu Hause bin: *Schulbrote und Abendessen hier drin suchen!* Smiley. *Geld ist in Papas Schreibtisch. Sei brav. 1000 Küsschen. Bis Samstag. Mama.* Aber irgendwas war anders. Ich bin zum Schreibtisch gegangen und hab nachgeschaut, wie viel Geld sie mir dagelassen haben. Hundert Euro. Fünfzig Euro für die Putzfrau, fünfzig für mich. Ich hab alles eingesteckt. Vor der Tür habe ich gemerkt, dass ich den Schlüssel drinnen vergessen hatte. Ich stand vor meiner eigenen Tür und konnte nicht mehr rein.

Ich wollte schon die Putzfrau anrufen, habe aber wieder aufgelegt. Genau in dem Moment hab ich dieses Gefühl gespürt, dieses Gefühl zwischen Scheißangst und irrer Freude. Das kroch so heftig in mir hoch, dass ich einen Augenblick keine Luft gekriegt habe. Draußen war es klirrend kalt. Die Sonne schien und wegen des vielen Schnees war es total hell. In diesem luftleeren Augenblick hab ich gar nichts mehr gesehen. Ich hab die Winterluft in mich reingesogen und bin losgegangen. Zur S-Bahn gelaufen, eingestiegen. Und plötzlich war da ein Gedanke, der mich total umhaute. Clara, dachte ich, du bist jetzt vierzehn Jahre alt und hast dein ganzes Leben noch nichts erlebt. Jedenfalls nichts Echtes oder Verrücktes. Deiner Mutter, deinem Vater, deinen Großeltern, deinen Lehrern, deinen Freundinnen, allen hast du's recht gemacht. Deinen Kaninchen hast du Tag für Tag pünktlich Futter gegeben, pünktlich nach der Uhr. Du hast noch nie Schokolade im Supermarkt geklaut und noch nie Hausaufgaben abgeschrieben. Kannst du dir das vorstellen, Ron Robert? Und in diesem Moment dachte ich, Clara, was bist du nur für eine Langweilerin.«

Stimmt, direkt spannend hört sich das nicht an, denke ich so. Aber irgendwie schön. Schön hört es sich an. Sage ich allerdings nicht.

Clara nimmt einen großen Schluck aus der Colaflasche und redet weiter: »Die Bahn war wie immer brechend voll. Ich hab aber einen Platz gefunden. Ich habe niemand angeguckt und so getan, als wäre ich allein im Waggon. Und das war ich ja irgendwie auch. Ich habe rausgeguckt, immer nur rausgeguckt. Die Schule habe ich links liegen lassen, bin einfach vorbeigefahren. Ich habe den Himmel gesehen und die Wolken gezählt. Irgendwann kannte ich die Gegend nicht mehr. Große Häuser, kleine Häuser, graue Häuser, alte Häuser. An der Endstation bin ich nicht ausgestiegen, sondern einfach sitzen geblieben. Ich habe rumgeguckt, in die Bäume, in den Schnee, in den Himmel und in diese Schrebergärten. Das war schön. Schließlich kam jemand und scheuchte mich raus. ›Musst du nicht in die Schule?‹, hat er mich gefragt. Und ich hab ihn angepflaumt: ›Ich muss gar nichts!‹ Erst als er so komisch von oben auf mich runterguckte, bin ich losgerannt. ›Warte doch. Ich ruf nicht die Polizei‹, hat er mir nachgeschrien, aber da war ich schon auf dem Bahnsteig und bin die Treppen runter. Ich schätze, du warst noch nicht in Oranienburg?«

Doch, will ich sagen, einer der Muckimänner hat mich mal dahin mitgenommen. Aber sie lässt mich nicht zu Wort kommen.

»Ich auch nicht. Jedenfalls bin ich langsam durch die Fußgängerzone. Die Geschäfte waren alle noch geschlossen. Ich habe mich in eine Bäckerei gesetzt und einen Kaffee bestellt. Schwarz und ohne Zucker, so wie ihn meine Oma trinkt. Dann habe ich noch Zuckerschnecken bestellt. Drei Stück, nur für mich. Ich dachte, die isst du jetzt, egal, ob dir schlecht wird. Habe ich auch gemacht. Weißt du, ich hatte plötzlich einen Wahnsinnshunger auf Süßes. Die Verkäuferin hat mich die ganze Zeit beäugt wie einen entlaufenen Sträfling. Als ich mit dem Fünfzigeuroschein bezahlen wollte, hat sie gefragt, ob ich's nicht kleiner habe. Ich habe gesagt: ›Das ist alles, was ich habe.‹ ›Bist du abgehauen?‹, hat sie gefragt. ›Nö‹, hab ich gesagt. ›Heute ist *Jugend musiziert* und ich habe den ersten Preis gewonnen. Also feiere ich ein bisschen. Nur so, für mich allein.‹ Ziemlich unrealistisch, das gebe ich zu. Aber damals war ich noch nicht so gut im Lügen. Und ich habe weiter nett gelächelt und bin dann schnell aus dem Laden raus. Erst mal hatte ich genug von Zuckerschnecken. Mir war wirklich schlecht. Dann bin ich rumgelaufen. Rumgelaufen, bis ich nicht mehr konnte. Und zuletzt war da diese Siedlung, diese Schrebergartensiedlung. Die hatte irgendwas Vertrautes, obwohl ich vorher noch nie in einer Schrebergartensiedlung war. Hat eine Weile gedauert, bis ich es begriffen habe: Weißt du, es war die Siedlung, die ich von oben, von den S-Bahn-Gleisen, gesehen hatte. Stell dir vor, ich war die ganze Zeit im Kreis gelaufen, wie eine Blöde, und hab's nicht gemerkt. Verstehst du das?«

Ich versuche erst gar nicht mehr zu antworten. Die quatscht mir ein ganzes Blumenkohlfeld ans Ohr. Ich lasse sie einfach reden.

»Ich bin die Laubenwege rauf und runter und hab mir die Gärten angesehen. Alle, ganz genau. Jeder Garten war anders und jeder hat mir im Vorübergehen mal kurz seine Geschichte erzählt. So wie Gesichter, die, wenn man sie länger anschaut, auch eine Geschichte erzählen. Ein paar Gärten waren total spießig, aber es gab auch welche, die sahen richtig lustig aus, alles wild durcheinander und mit Spielzeug, das so herumlag. Ich konnte mir die Kinder vorstellen beim

Spielen, Schreien und Rumtoben. Kleine Kinder, nackig und glücklich. Und dann stand ich vor dem letzten Garten der Siedlung, der Garten kurz vor dem Bahndamm. Er war ein bisschen größer als die anderen Gärten. Dahinter war nur noch Feld. Ich bin ganz dicht ran, habe durch den moosgrünen Zaun geglotzt und das raue Holz lange mit der Hand gestreichelt. Und dann wusste ich es. Es war der Geruch. Weißt du, wie Holz riecht, wenn noch nichts dran ist? Kein Lack oder so, einfach nur Holz? Holz riecht nach Wärme und Liebe. Ich hatte vorher keine Ahnung, wie Liebe riecht, aber jetzt weiß ich's. Ich würde es wiedererkennen. Ich würd's auf jeden Fall wiedererkennen.«

Clara kneift die Augen zusammen.

»Die Hütte konnte ich erst gar nicht richtig sehen, so verwildert war alles. Total zugewuchert. Am buckligen Weg stand eine riesige Platane und von ganz weit oben hing eine Schaukel. Ich hab die Schaukel angestarrt und musste heulen. Dabei hab ich tausendmal geschaukelt. Früher.«

Clara ist jetzt still und ich sage auch nichts. In der Zwischenzeit muss mein Anzug eine Nummer eingelaufen sein, so fühl ich mich. Liebe riechen. Verdammte Axt.

»Diesen Garten hab ich mir als mein Reich vorgestellt. Nur meins. Es kam mir vor, als hätte der auf mich gewartet. Auf mich, Clara Wiens, vielleicht schon seit Jahren. Er hat geblüht, ist verblüht, jedes Jahr, bis ich dann endlich da war. Ich hab auf die Klinke des Gartentors gedrückt. Das war einfach so ein Gefühl. Es war nicht abgeschlossen, und ich bin bis zur Hütte, die eigentlich nur aus Fenstern bestand, gegangen. Jedes Fenster war ein bisschen anders. Ein rotes, ein grünes, ein teerschwarzes. Drin war gar nicht viel. Ein Sofa, ein Tisch, ein Sessel, ein Ofen. Ich habe mich auf die Schaukel gesetzt. Das Schaukelbrett war rau wie die Hände von ganz alten Menschen. Ich hab wie eine Verrückte geschaukelt, irre hoch und weit. Und da war wieder dieses Gefühl zwischen Angst und irrer Freude. Ich hab geschrien. Total kindisch eigentlich. Irgendwann war mir schwindlig. Und irgendwann saß da jemand auf der Bank. So ein Typ, der sah ziemlich schräg aus, ein bisschen gruslig. Groß und breit, schwarz umrandete Augen, eins in der Mitte der Stirn, die Haare nach oben und nach hinten weggegelt. Sein Gesicht war weiß geschminkt. Ich bin runtergesprungen, ihm direkt vor die Füße. ›Hey‹, hat er gesagt. ›Ähhh‹, ist von mir nur gekommen. Voll peinlich. Aber dann hab ich immerhin auch ein ›Hey‹ rausgekriegt. Er: ›Es gibt kaum Schaukeln, die's so hoch schaffen. Ich hab da auch immer drauf gesessen. Mach ich manchmal immer noch.‹ Ich wusste nicht, was ich darauf sagen soll. Dann hat er eine volle Einkaufstüte hochgehoben und mich gefragt: ›Hast du auch Kohldampf? Komm rein.‹ Er hat die Tür aufgemacht und das Haus knirschte. ›Keine Angst, das bricht nicht zusammen. Hört sich nur so an.‹ Er hat gelacht und auf das Sofa gezeigt und mir eine Wolldecke gegeben. ›Du frierst‹, hat er gesagt. Die war superweich, die Decke. ›Alpaka‹, hat er gesagt, ›das ist Alpaka.‹ Was für ein schönes Wort, hab ich gedacht und mich drin eingewickelt. Er hat gleich zu kochen angefangen, Gemüse geschnippelt und vor sich hin gesungen. Und ich hab mich umgeguckt. An der Wand hing eine Gitarre, daneben ein Plakat mit sieben Weißgesichtern. So 'ne Gothic-Truppe und er war der Größte von den sieben. Es gab Suppe. Kartoffelsuppe. ›Mit Kartoffeln aus dem Garten.‹ Und heißen Tee gab es auch. Und das Beste war: Er wollte gar nicht wissen, wer ich bin und was ich hier mache und so. Wir haben einfach so rumgequatscht und dabei gechillt. Nach dem Essen hat er Gitarre gespielt und wir haben uns die Seele aus dem Leib gesungen. Er kannte jede Menge Songs. Alles quer durch den Gemüsegarten, sogar was Klassisches. Und ich, ich hab einfach immer mitgesungen, egal, ob ich den Song kannte oder nicht. Abwechselnd laut und leise. Das Allerbeste war der Song zum Schluss. Heavy Metal oder so, halt was von ihm, ich meine, von seiner Band. Echt schräg. Als es dunkel wurde, haben wir ein Lagerfeuer gemacht unter der Platane. Mitten im Winter. Am Feuer Brot geröstet und dann in die Flammen geguckt. Keiner musste was sagen. Und weißt du was, Ron Robert? Alles war gut. Wirklich alles. Am nächsten Morgen hat der Wasserkessel gepfiffen und ich lag auf dem Sofa. Da musste er mich hingelegt haben. Er stand am Tisch und hat mich angeschaut. ›Du bist am Feuer eingeschlafen. Komm, wir frühstücken, dann kannst du los, zur Schule.‹ ›Nee‹, hab ich gesagt, ›ich geh da nicht mehr hin. Was soll ich da? Alles, was wichtig ist, sagen die einem sowieso nicht.‹ Er hat mich angeguckt und gesagt: ›Stimmt. Aber wer weiß schon, was wirklich wichtig ist? Das peilt man eh erst später. Musste ich auch einsehen. Denken zum Beispiel ist wichtig. Lernst du ja möglicherweise doch in der

Schule. Unterschwellig, meine ich. Damals fand ich das blöderweise anstrengend. Ich bin meistens eingepennt.‹ Dann hat er mich so schief angegrinst. ›Hast du einen *guten* Lehrer? Ich hatte einen guten Lehrer. Ziemlich cool. Hab ich viel zu spät gemerkt. Weißt du, Mädel, du kannst es noch besser machen. Besser als ich.‹ Und: ›Komm doch mal zu einem Konzert von uns. Sagst an der Kasse Bescheid, dann kommst du umsonst rein. Du bist immer willkommen.‹ Ich hab nur weggeguckt. ›Hör mal, jemand macht sich bestimmt Sorgen um dich, deine Eltern zum Beispiel. Und wenn die sich keine Sorgen um dich machen, dann finde Leute, die das tun. Ich bin sicher, die gibt es. Freunde, die auf dich aufpassen, weil sie dich klasse finden. Aber jetzt musst du mal los, oder?‹ Während er mir das erzählte, hatte er mein Bettzeug schon weggepackt. Mann, war ich wütend. Aufpassen. Sorgen machen. Was soll das? Ich bin doch nicht im Kindergarten! Ich hab mir kaltes Wasser ins Gesicht gespritzt und bin weg. Ich hab nicht mal Tschüss gesagt. Dieser Verräter, hat es in mir gehämmert, dieser Klugscheißer! Dieser Langweiler! Dieser Spießer!«

Jetzt schweigt Clara, und ich sehe, dass sie heult. Sie schluchzt nicht, aber aus ihren Augen läuft Wasser und aus der Nase Rotz. Und natürlich zuckt ihre Nasenspitze.

Ich weiß nicht, was ich sagen soll. »Wann kommt die Abzweigung noch mal?«, frage ich hektisch. Hey, heul nicht, denke ich. Aber ich bin so gestresst von dem Rotz und Wasser, dass mir der Text fehlt.

ACHTZEHNUHRFÜNFUNDVIERZIG

Clara sieht mich an, als würde sie aus einem Film erwachen. »Guck auf die Straße!«

In einer Zehntelsekunde, bevor ich meinen Kopf von ihr abwende, sehe ich etwas Helles an einem Baum. Es ist wie ein Flashback. Ich steige voll auf die Bremse und Schneewittchen fängt an zu rutschen. Scheiße, es ist immer noch total glatt auf der Straße. Kurz bevor die Reifen durchdrehen, bevor das Auto Richtung Baum abdreht, ist um mich herum alles schwarz, und ich sehe jemand grinsen. Das ist der Tod, schießt es mir durch den Kopf, so schnell kann's gehen mit dem letzten Atemzug. Ex und hopp.

Dann leuchtet ein Blitz ins Schwarze. Und in diesem grellen Schein sehe ich wieder was. Nur schemenhaft. Was soll das sein? Keine Ahnung. Ein Mensch oder so was?

Jedenfalls lächelt das Sowas. Lächelt wie eine kleine Sonne. Mann, darunter könnte man Eier ausbrüten, denke ich, unter dieser Sonne. Mindestens Taubeneier, so warm sieht das aus. Wie das Mutter-Maria-Lächeln in der Kirche.

Dann schnalle ich es. Das ist nicht Mutter Maria, das ist Mama. Früher, ganz früher hat sie mich manchmal so angestrahlt. So völlig ohne Grund.

Jetzt spricht diese Mutter-Mama mit mir. Sie sagt was. Es ist aber zu leise.

Lauter!, will ich schreien. Rede lauter!

Ich höre komische Störgeräusche, als hätte jemand den Sender in einem Radio verstellt, aber irgendwann verstehe ich.

»Ron Robert«, sagt Mama. »Ron Robert.« Ihr Mund lächelt. Ihre Augen mit den ewig angeklebten Wimpern lächeln. Ihre Wangen. Sogar ihre Nase lächelt. Sie ist so jung und ihre Augen glänzen. Ich könnte sie ewig anschauen. Sie sieht aus wie ... wie niemand sonst. Einfach nur Peggy.

Dann verschwindet das Helle und ich komme wieder zu mir.

Als ich ganz langsam die Augen öffne, beugt sich Clara über mich und brüllt: »Bist du vollkommen irre?«

Stimmt wahrscheinlich, denn ich beachte Clara und ihre Angstaugen gar nicht weiter. Ich kann mich überhaupt nicht erinnern, warum ich gebremst habe. Paar Zentimeter vor uns ist ein Baum.

An dem Baum hängt ein Plakat. Und auf dem Plakat ist Peggy, superschlank, zugekleistert, blond, mit goldener Krone. Darunter: *13. Dezember: Kür der Oderbruchkönigin in Letschow.* Das ist heute. Mein Geburtstag.

Hallo?

Ich steige aus dem Auto, stelle mich vor den Baum und glotze die Peggy am Baum an. Dann hole ich das Foto aus meiner Anzugtasche und schau's mir an. Lange.

Das auf dem Plakat, das ist eine andere Peggy, eine nagelneue Peggy. Das ist nicht meine Peggy, aber ich weiß jetzt: Es gab mal eine Zeit, da hing sie hier. In echt.

Ich hab das Gefühl, ich kriege gleich 'nen Herzkasper.

Im Auto sitzt Clara. Ihr Gesicht sieht jetzt irgendwie hart aus. Wie aus Stein. Sie starrt aufs Feld.

Okay, Ron Robert, ganz langsam, was ist los? Ich schau noch mal auf Rolli-Clara. Ich schaue und schaue und schaue. Und dann schnalle ich es. In mir drin explodiert was, und es wächst ein Riesending von Wutpilz, ein Atompilz. Ich wende mich zu Clara und brülle ins Auto: »Du hast mich beschissen! Die Plakate hingen da die ganze Zeit. Richtig? An jedem Baum, an dem wir vorbeigefahren sind, richtig? Du faselst was von Wahrheit, während du mich voll verarschst? Das ist also Wahrheit für dich?! Wenn das so ist, dann scheiß ich auf deine Wahrheit!«

Clara sagt immer noch nichts.

Erst jetzt, jetzt habe ich kapiert, wie ausgebufft das Drei-Augen-Huhn wirklich ist. Ich hole noch mal tief Luft: »Du wolltest nicht, dass ich das sehe, du mieses Stück! Deshalb hast du die ganze Zeit geredet wie ein Wasserfall. Richtig?«

Clara knetet ihr Taschentuch und heult. Sie starrt nach vorn, und dann brüllt sie auch: »Ich muss zu diesem Konzert! ICH MUSS, RON ROBERT RANKE! ICH MUSS EINFACH! Du verstehst das nicht!«

Das Konzert? Nee, ich verstehe gar nichts, und ich weiß ehrlich gesagt auch nicht, ob ich irgendwas verstehen will. Sie schafft es immer wieder, mich komplett aus den Latschen kippen zu lassen. Mann, die hat doch nur Scheiß erzählt, von wegen rumlaufen, von wegen schaukeln, von wegen wegrennen, von wegen! Hallo? Das war doch alles Bullshit, von vorne bis hinten. Alles BULLSHIT. Und jetzt sagt sie, sie muss zu diesem Konzert, zum Konzert von dem Schrebergartentypen. Von dem Typen, zu dem sie gelaufen ist, bei dem sie geschaukelt hat und von dem sie weggerannt ist. Wie soll das bitte gehen im Rollstuhl? Wie?

»UND ICH SOLL DIR NOCH IRGENDWAS GLAUBEN, CLARA WIENS? Was geht mich deine ganze ausgedachte Kacke an?«, brülle ich.

Ich brülle alles aus mir raus, rein in ihre Augen aus Stein und in dieses verdammte dunkle Loch hinter uns. Es ist so dunkel am Rand der Welt. Als es wieder still ist und unter mir nur noch der Schnee knirscht, hab ich null Bock, wieder zu ihr ins Auto zu steigen. Sie guckt jetzt nämlich wie ein verletzter Schneehase. Ich sehe das von der Seite. Und da komm ich nicht gegen an. Aber diesmal hat sie keine Chance. Diesmal nicht. Da kann sie so lange Bitte sagen, wie sie will, oder wieder einen ihrer langen Blicke in die Welt schicken.

»Hör zu, Mädel: UND ICH MUSS WISSEN, WER MEIN VATER IST! Genau das ist nämlich *meine* Wahrheit. Ich steig wieder in die Karre und fahre nach Letschow zu dieser Königinnenkür. Ich wette, dass ich da was rauskriege. Ob mit dir oder ohne dich. Hast du das verstanden?«

Sie sagt nichts.

»Ob du das verstanden hast, frag ich dich!?«

Clara nickt. »Okay«, sagt sie, und ihre Stimme ist so leise, dass man gar nicht gleich kapiert, dass es wirklich eine Stimme ist. Eine Stimme wie ein aufgezogener Spielzeugschneehase. Ihre Nase zuckt. »Verstanden«, flüstert sie.

Ich gehe zum Auto und setze mich neben sie. Mit der normalsten Stimme der Welt, von der ich nicht weiß, wo ich die jetzt hergeholt habe, sage ich ihr jetzt genau das, was ich denke. Und echt, das mach ich nicht oft. Nicht mal bei Peggy. »Nichts verstehst du. Nichts. Du mit deinen begehbaren Kühlschränken, deinem beschissenen Marmorpalast und einem Papilein, der Geld scheißen kann, du kapierst gar nichts.« Kann sein, dass sie mich gleich wieder anbrüllt. Mir egal.

Tut sie aber nicht. Sie sagt: »Und du, du mit deinen verlogenen Beinen, verstehst alles?«

Ich breche fast den Zündschlüssel ab, komm aber langsam wieder runter. »Nee«, sag ich, »ich versteh nur, dass wir jetzt ein Problem haben. Du willst wohin, ich will wohin. Wohin ist aber für dich woanders als für mich. Pech nur, dass ich am Steuer sitze.«

»Hör zu«, sagt sie. »Ich hab eine Lösung für uns beide.«

»Schieß los, aber red keinen Scheiß mehr, okay? Rede einfach nur, wenn du wirklich was zu sagen hast. Nur dann. Du weißt, wie das geht. Eigentlich.« Bei dem »eigentlich« schaue ich kurz zu ihr rüber, ob sie das echt verstanden hat. Hat sie. Sehe ich an ihrem Gesicht. Sie versteht ja *eigentlich* immer alles, bevor es überhaupt Sache ist.

»Okay, Chef. Fahr mich zur S-Bahn-Station nach Strausberg. Und dann fahr nach Letschow. Finde deinen Vater. Ich schaff den Rest allein. Und du auch.«

Ich schaue skeptisch aus dem Wagenfenster. Das klingt gut, nur, VERDAMMTE SCHEISSE, ich will nicht noch mal in diese Schneehasenaugen sehen. Ich will einfach nicht. »Okay«, sage ich. »So machen wir das. Genau so.« Ich drehe den Zündschlüssel um und starte das Auto.

Ein Auto einen Zentimeter vor einem Baum zu starten, ist so ziemlich das Schwierigste, was ich bis jetzt autotechnisch draufhaben musste. Es knirscht. Aber Schneewittchen springt an.

Clara sagt nichts mehr.

Ich auch nicht.

NEUNZEHNUHR

Als wir wieder auf der Straße sind, stellt sie das Navi auf laut. Gut so. Ich hab auch keinen Gesprächsbedarf. Gleich sind wir in Münchedings. Bis Strausberg sind's noch achtundzwanzig Kilometer, bisschen mehr als eine halbe Stunde. Um acht wird die neue Königin gekürt. Das will ich sehen, vielleicht gefällt sie mir ja. Oder ich ihr. Trotz allem muss ich grinsen. Wenn alles glattgeht, schaffe ich das.

*Glatt*gehen ist gut. Ich konzentriere mich so stark, dass ich Kopfschmerzen bekomme. Die fühlen sich genauso beschissen an wie die Stille im Auto. Selbst das Navi schweigt. Die

Kopfspinne breitet ihr Netz aus. Aber das lasse ich nicht zu, nicht jetzt. Später ist dafür immer noch Zeit. Ich kontrolliere auch nicht mehr, wie der Schneehase jetzt grade drauf ist. Ich bringe sie zur S-Bahn und aus.

Verdammt, ich muss aufpassen, was ich denke: *Der Schneehase alleine in der Bahn, allein zum Konzert, wie soll das gehen?* Jetzt gucke ich doch zur Seite.

»Keine Sorge. Ich krieg das hin. Du kennst mich ja inzwischen: Wenn ich was will, quatsche ich jemandem eine Bulette ans Ohr, und es läuft.«

Ich fasse mit den Händen so fest um das Lenkrad, dass sie ganz weiß werden. Ich lasse mir von der keinen mehr von 'ner Bulette erzählen. Ich werde einfach ankommen an dieser beschissenen S-Bahn und wieder wegfahren.

Noch vierzehn Kilometer.

Noch zehn Kilometer.

Noch sieben Kilometer.

Noch vier Kilometer.

Inzwischen redet das Navi wieder mit mir. Die Stille hat mir den letzten Nerv geraubt.

»Jetzt abbiegen in die Hauptstraße, in die Strausberger Straße abbiegen«, sagt die Navi-Tussi zu mir.

»Schaffe ich«, antworte ich ihr.

Der S-Bahnhof vor uns sieht komplett verpennt aus. Da ist keiner. Mann, wie soll das gut gehen. Ich steige aus, hebe den Rollstuhl aus dem Auto und klappe ihn auf. Beim Reinheben schaue ich nicht auf Claras Nase.

Und Bingo: Der Fahrstuhl ist auch hier im Arsch. »Okay, ich bring dich hoch«, sage ich.

Oben setze ich sie auf die Bank und werfe ihr das volle Paket Gummibären von Ilse in den Schoß. Sollte geschmeidig sein, aber ich werfe daneben.

Ihr Blick ist gerade woanders.

Ich sprinte wieder runter und hole den Rollstuhl. Die Zeit läuft. Als ich wieder oben bin, hat sie ihre Nase in ein Buch gesteckt. Ich atme kurz durch. Okay, ich warte noch, bis die S-Bahn einrollt, dann mach ich mich vom Acker. Punkt.

»Brauchst nicht zu warten. Geh ruhig«, sagt sie, als könnte sie meine Gedanken lesen. Wieder dieser ätzende, überhebliche Clara-Ton.

»Ich geh, wann ich will.«

Diesmal bin ich nicht schnell genug und schaffe es nicht, ihrem Blick auszuweichen. Sie hat mich voll erwischt. Ich kann sie nicht allein fahren lassen. Ich schaffe das einfach nicht. Ich bin ein Weichei. Und das ist, verdammt noch mal, meine größte verschissenste Wahrheit.

»Hör zu, Ron Robert. Wahrheit, keine Pflicht!«, sagt sie und guckt mich wieder mit einem dieser langen Clara-Wiens-Besserwisser-Blicke an.

Ich höre die S-Bahn am Bahnsteig einfahren und brülle sie an: »Du kriegst mich nicht, verstehst du?! Diesmal kriegst du mich nicht!«

»Hör zu!«, brüllt sie zurück, und die alte Frau, die inzwischen mit uns auf dem S-Bahnsteig steht, ist starr vor Schreck. »Ich will dich gar nicht kriegen. Ich fahre mit dir!«

Ich glaube, ich hab mich verhört. »Warum jetzt?«

»Ich würde ihn auch gern kennenlernen, deinen Vater.«

Ich sehe dem Suppenhuhn in die Augen und mir ist flau im Magen. Wahrscheinlich kotze ich gleich auf den Bahnsteig oder in die Einkaufstasche der alten Frau. In einer Minute fährt die Bahn ab. Reinschieben, einfach reinschieben!, ruft eine Stimme in meinem Kopf. Und dann abhauen! Die Stimme überschlägt sich fast.

Die Oma ist jetzt eingestiegen. Clara lupt mich an.

»Dann lass uns verschwinden«, sage ich nach einer Weile komplett ausgeknockt. »Wenn ich dich hier stehen lasse, setzt du nachher noch Spinnweben an, musst singen, und die Leute werfen dir Almosen in den Hut.«

»Niemals!«

Wir schauen uns an.

»Na dann. Lass uns abhauen.«

NEUNZEHNUHRFÜNFZEHN

Wie 'n Alter, würde Peggy sagen. Wieso kannst du das überhaupt?

Was?, würde ich fragen.

Na, Auto fahren, Dicki.

Weiß auch nicht, wieso das so gut klappt. Na ja, hat schon

ein bisschen was damit zu tun, dass der Schneehase neben mir sitzt und Spielkonsolen an sich mal grundsätzlich fest im Griff hat. Da muss man fair bleiben.

Draußen ist es dunkel, still, es schneit. Mein Stresszeiger zeigt auf ... viereinhalb. Also okay so weit. Ich habe die Sache unter Kontrolle, relativ gesehen. Der Schneehase sagt nichts mehr. Hier ist Schweigen im Walde.

Schweigen im Walde – gefällt mir, der Satz. Die Stille gefällt mir auch. Ist schön unnatürlich. Aber schön. Sonst bimmelt immer irgendwo was.

»Hast du die wirklich nicht mitgenommen?«, frage ich.

»Was?«

»Na, die Quasselkiste.«

»Bin ich abhängig?«

Was für 'ne blöde Frage. Clara Wiens ist na-tür-lich von nichts und nie-man-dem abhängig. Auch nicht von ihrem Handy. Ich halte mal die Klappe, aber ohne dass ich daran was ändern kann, fällt mein Blick nach hinten, zu ihrem Rolli.

»Okay, hast gewonnen. Aber ohne das Ding wäre ich komplett unabhängig. Tutti completti.« Sie tippt sich an ihre Denkerstirn.

Bei dem Wort »Ding« hat sie den Mund verzogen, als wollte sie kotzen, und jetzt wird sie von Wort zu Wort lauter. »Da kannst du sagen, was du willst, das ist so! Ich kann mehr, als ihr glaubt.« Sie schreit fast.

»Ist ja gut«, sage ich. »Ich sag ja gar nix.«

»Dann ist ja gut.«

Ich versuche, ausnahmsweise mal witzig zu sein: »Clara

Wiens, spul dich mal nicht so auf. Du kannst wirklich froh sein, dass ich dich mitgenommen hab, so abhängig, wie du bist.«

Clara murmelt: »Tutti completti.«

Mehr kommt grade nicht. Die Stimmung ist also nicht übel, so waffenstillstandsmäßig.

Ich schalte in den fünften. Die Straße ist leer. Links und rechts Bäume, nichts als Bäume. So viele Bäume hab ich in meinem ganzen Leben noch nicht auf einem Haufen gesehen. Mein lieber Scholli.

Und: Leise rieselt er, der Schnee.

Lange hält Clara die Stille nicht durch, denke ich und schlage vor: »Wollen wir ein bisschen Radio hören?«

Da fragt sie leise und unnatürlich sanft: »Was ist eigentlich dein Plan, Ron Robert?«

Also kein Radio. »Was für ein Plan?«, frage ich.

Ich habe nie einen Plan. Jedenfalls nicht in der Art, wie der Schneehase findet, dass Pläne gemacht werden müssten. Ich hab die in mir drin. Alle. Tutti completti. Das versteht sie aber mit Sicherheit nicht.

Ist wahrscheinlich sowieso egal.

Meine Pläne bestehen meistens aus Gedanken, die ich nicht zu Ende gedacht habe: weil mir die Zeit fehlte, weil mich irgendein Idiot beim Denken unterbrochen oder sich mein Stresszeiger zu schnell bewegt hat. Danach weiß ich nicht mehr, wo ich die Gedanken hingeräumt habe, bin also immer am Suchen und fange wieder von vorne an. Deshalb bin ich auch nie auf dem neuesten Stand.

Die Gedanken, die ich vergessen habe, zu Ende zu denken, lungern noch irgendwo rum, und schon sind die neuen Gedanken da. Eine neue Idee, der Anfang eines Plans, der aber dann doch nix wird: alles Kaulquappen in einem Kaulquappenteich, die langsam nach oben steigen.

Und wenn ich nach einem bestimmten Gedanken suche, weiß ich, dass da jetzt kein Geräusch kommen darf, keine Stimme und auch sonst besser mal nichts, sonst wird meine Kaulquappe wieder abtauchen und für immer verschwinden. Ich muss also verharren, innerlich. Das ist dann die Zeit, in der ich nichts sage, obwohl irgendjemand auf eine Antwort von mir wartet. Aber ich, ich muss warten, dass meine Kaulquappe näher kommt und näher und sich irgendwann endlich in einen Frosch verwandelt, der meinen Plan rausquakt. Das ist dann das absolute Optimum.

Vielleicht erzähle ich ihr das mal und sie versteht es sogar. Kann ja sein.

Claras Stimme wird schon wieder laut: »Du musst doch irgendeinen Plan haben! Das ist alles voll unlogisch. Wir fahren jetzt nur wegen eines uralten Fotos nach Letschow? Wegen eines einzigen Fotos? Wieso glaubst du, dass du ausgerechnet da deinen Vater triffst? Vielleicht hat Peggy da mal Urlaub gemacht oder sonst was!«

Sie guckt mich schräg von der Seite an, aber ich rühre meinen Kopf keinen Millimeter in ihre Richtung.

»Okay, vielleicht wohnte sie da auch mit ihrer Familie. Kann ja sein, aber wieso soll da dein Vater sein? Ausgerechnet heute? Wegen dieser Misswahl? Und selbst wenn er da mal gewohnt hat, ist der doch längst weg. Keiner bleibt immer da, wo er hergekommen ist.«

Ich glotze so peilungsarm, dass ich es selber merke.

Sie schaut wieder weg.

»Wieso hast du deine Mutter eigentlich nicht einfach mal nach ihm gefragt? Richtig, meine ich. Nicht nur so halb. Das wäre doch mal ein Plan gewesen.«

Okay. »Steht mein Name drauf, auf dem Foto. Und deshalb finde ich meinen Vater heute genau da. Das ist der Plan, okay?«, gebe ich relativ geistesblitzig von mir.

»Ach, ich denke, du heißt Ron Robert und nicht Ronni?«, kommt es blasiert von rechts.

Die hat echt ein fotografisches Gedächtnis, flutscht es mir durch den Kopf, und ich trete aufs Gas. Sage aber nichts, noch nicht.

»Was für ein super Plan!«, ruft sie und schaut gelangweilt aus ihrem Fenster. Und dann leise durch die Zähne: »Direkt ausgefeilt.«

In mir fängt es an zu brodeln. »Pass auf, rede einfach nur, wenn es wirklich wichtig ist, ja? So war das abgemacht, okay?« Ich weiß nicht, wie die das immer schafft, aber in mir kocht etwas gewaltig nach oben. So eine Art Wut, die ich gar nicht kenne, schlimmer als der Atompilz. Anders. Der Schneehase mit dem albernen dritten Auge hat es voll drauf, meinen Teich so richtig zum Kochen zu bringen. Wie ... sonst niemand. Niemand unter diesem Himmel.

Und wegen diesem Scheiß-Niemand-Gefühl sehe ich plötzlich schwarz. Im letzten Augenblick drehe ich das Lenkrad nach rechts, fahre auf den Haltestreifen und würge den Motor ab.

Clara guckt mich empört an. »Was ist denn jetzt schon wieder?«

Weil ich diese Scheißfragerei nicht mehr aushalten kann, knöpfe ich sie mir richtig vor. Genau genommen knöpft mein Gehirn sie sich vor. Es nimmt richtig Fahrt auf. Ich bräuchte hundert Seiten, wenn ich aufschreiben wollte, was mir durch den Kopf schießt: Bilder, Wörter, Mordgelüste aller Art. Alles durcheinander. Ich versuche, den einen oder anderen Gedanken einzufangen, um ihn auszusprechen, ihn an die Leine zu nehmen oder an einen Baum zu nageln. Irgendwie klappt nichts davon. Dafür bräuchte ich ein Lasso oder wenigstens was Ähnliches. Mein Stresszeiger dreht komplett durch.

»Sind die Wölfe wieder los?«, kommt es extrem leise von rechts. Nicht besorgt oder so, nein, in diesem typischen Clara-Wiens-Ton.

»Halt deine Schnauze«, bricht es aus mir raus. »Halt einfach mal deine Schnauze!« Das ist der einzige ausgefeilte Satz, der mir einfällt und ungefähr ausdrückt, was ich gerade fühle. »Ich habe keinen Plan, das ist der Plan!«, brülle ich. In meinem Teich geht's ordentlich zur Sache. »Ich geh gerade vor die Hunde und du redest und redest!« Mein Herz klopft bis zum Umfallen, gleich kipp ich aus den Latschen. Ich brülle immer weiter, um diesen lebensgefährlichen Herzkasper irgendwie unter Kontrolle zu bringen.

Die Brüllerei tut mir richtig gut. Jetzt verstehe ich, warum Peggy ihre Muckimänner ab einem gewissen Punkt nur noch anschreit. Scheint irgendwas mit Männern und Frauen zu tun zu haben. Die lässt Druck aus dem Kessel. Die will nicht dran glauben. Die will nicht sterben.

Was für eine Scheiße.

Wie fremdgesteuert springe ich aus dem Auto und kloppe wie ein Berserker darauf herum. Ich vermöble die Kiste. Armes Schneewittchen.

Nach gefühlten drei Stunden höre ich auf. Ich bin am Ende. So wie ich noch nie am Ende war. Ich atme ein und aus und mein Atem sieht aus wie trauriger Nebel. Ich friere überhaupt nicht, obwohl ich mir in der Zwischenzeit den Kaninchenpullover vom Leib gerissen haben muss. Der liegt da so rum. Fast hat ihn sich der Neuschnee schon gekrallt. Schwer atmend gehe ich vorne ums Auto rum und schau nach, was Clara macht. Sie zittert am ganzen Körper und heult. Das dritte Auge ist vollständig verschmiert. Ich lup sie an, bis sie die Scheibe einen Spalt öffnet. Mich haut die warme Luft aus dem Auto fast um. »Alles klar?«, frage ich.

»Hast du eine Ahnung, wie es sich anfühlt, wenn man nicht wegkann, wenn man festgetackert ist und über dir ein sterbendes Arschloch Donnergott spielt? Hast du eine Ahnung?«

Ich sehe kurz Peggy, ihre Lover, ihre Saufarien, meine Albtraum-Wolfsfamilie vor meinem inneren Auge, und ohne einen Anflug von schlechtem Gewissen presst sich ein Satz aus mir raus: »Ja, Schneekönigin, stell dir vor, habe ich.« Ich spucke diesen Satz. Ich spucke ihn. Genau. So sieht's aus.

Sie starrt mich an, als hätte ich ihr gerade auf Arabisch irgendwas von Einstein und den schwarzen Löchern erklärt.

Keiner guckt weg, sie nicht, ich nicht.

Dann flackern ihre ziemlich grünen Augen, sie wird sogar ein bisschen rot, schaut weg und sagt: »Steig ein.«

Ich klaube den zugeschneiten Pulli vom Boden und werfe ihn auf den Rücksitz.

»Ein halb nackter halber Mann mit schwarzen Pocken, voll mit schwarzen Wollflusen. Sieht restlos verpeilt aus.«

Zombie-Flusen, denke ich, dann sage ich es auch, und sie grinst mich an.

Eine Weile schweigen wir so rum, sitzen nur da.

Kein Geräusch, bis auf das Ticken des Blinkers. Keine Ahnung, wann ich den betätigt habe. Kann mich nicht erinnern.

»Kann ich was sagen?«, kommt es von rechts.

»Kommt drauf an.«

»Du müffelst.«

Ich wuchte mich aus dem Auto und reibe meinen Oberkörper mit Schnee ein, die Zombie-Flusen schrumpfen, bleiben aber hartnäckig kleben. Egal.

Als ich wieder im Auto sitze, riecht es nach Schnee und Clara. Ich mache den Blinker und das Licht aus.

Es ist still. Es ist dunkel.

Ich starte das Schneewittchen. Weiß wie Schnee. So weiß wie nie.

NEUNZEHNUHRFÜNFUNDZWANZIG

Es gibt Tausende Arten von Stille. Die Stille nach einem nächtlichen Wolfsangriff, die Stille, wenn Peggy morgens im Bett liegen bleibt und kein Frühstück macht, die Stille in der Schule, wenn ich mal wieder zu spät komme und der Unterricht schon angefangen hat, die Stille abends, wenn Peggy unterwegs ist.

Und dann diese Stille hier im Auto, wie Watte: weich, weiß, warm. Sie wächst und breitet sich aus. Sie ist überall. In mir drin. Im Auto. Auf der Straße. In der Luft. Im Himmel. Im Weltall. Sie hüllt mich ein und füllt mich aus. Ich fühle mich neu und gleichzeitig uralt. In meinem Kopf fängt es an zu schneien: Wie viele Schneeflocken braucht ein Schneemann? Und wer bin ich? Hört diese Straße irgendwann auf? Die Nacht? Der Tag? Das Leben?

Clara und ich schauen uns an. Eigentlich sehen wir nach vorne, aber wir sehen uns trotzdem an. Keine Ahnung, wie das geht. Das muss mit dem dritten Auge zu tun haben, das sie inzwischen wieder auf Vordermann gebracht hat.

Plötzlich lasse ich alles los. Alles, was in mir drin ist und mich nach unten zieht. Ich löse mich vom Autositz und schwebe. Gleich neben mir schwebt Clara.

Lass uns abhauen, sagen unsere Augen.

Und dann geht's wirklich ab nach oben, wie zwei bunte Luftballons. Ein schwarzer und ein weißer. Na ja, so richtig bunt sieht anders aus.

Ich rieche die Schneeluft und schließe die Augen.

Als ich sie wieder öffne, sind wir ganz weit oben am Himmel. Unter uns die Welt ist winzig klein. Nur noch ein Atemzug, und dann ist alles verschwunden, was ich mal war. Hokuspokus Verschwindikus.

»Als es passiert ist, war so ein Tag wie heute, irgendwie«, sagt Clara plötzlich in die Watte des schwarzen Himmels hinein.

Bevor ich wieder einatmen kann, rase ich mit einem Affenzahn wieder auf die Erde zurück, zurück zu den Bäumen, der Straße, dem Auto, dem Schnee, zurück auf den Sitz neben Clara, die nach hinten auf den Rollstuhl starrt.

Sie fragt nicht, ob ich sie verstanden habe. Da gibt es auch nicht viel zu fragen. Ich weiß ja, was sie meint. Ich weiß es genau. Nicht dass ich darauf gewartet habe, aber wenn sie mir das jetzt erzählen will, dann werde ich mich nicht vom Acker machen. Dann bin ich hier.

»Ich kam aus der Schule und es schneite. Ich lief auf der Straße durch einen weißen Flockenvorhang. Ich staunte, dachte an den Schrebergarten und an den Typen in der windschiefen Hütte, an das Feuer und seine Suppe und streckte dabei meine Zunge raus, so weit ich konnte. Die Schneesterne setzten sich drauf und eine winzige Sekunde später waren sie weg. Einfach weggeschmolzen. Weggeschmolzen wie meine Wut auf den Typen. Ich hätte stundenlang so laufen können. Immer die gerade Straße entlang und dabei Schneeflocken schlürfen.«

Clara drückt auf den Scheibenheber und lässt die Scheibe ganz runterfahren. Es dauert nicht lange und es ist kalt im Auto. Schneeflocken zwirbeln herein.

»Die letzten dreihundertfünfundsechzig Tage habe ich jeden Tag die Augen geschlossen und bin in Gedanken immer wieder durch diese schneeweiße Welt gelaufen. Immer wieder und immer noch. Wie ein Film, den man abspielt, zurückspult, wieder abspielt. Ich laufe, strecke die Zunge raus. Erst lasse ich nur den Schnee auf meine Zunge fallen. Dann falle ich. So wie damals. Ich falle so, dass ich weiß, dass ich nie mehr aufstehen werde. Ich liege wie ein Käfer auf dem Rücken und die Schneeflocken landen ungerührt auf meinem zermatschten Körper. Ich sehe Scheinwerfer und dann sehe ich nichts mehr.«

Ein seltsamer Ton kommt aus Claras Mund. Erschrocken dreh ich mich zu ihr. Ihre Augen sind aus Eis.

»Ich bin süchtig danach, das immer und immer wieder zu denken. Dieses Was-wäre-wenn zu denken, obwohl ich nichts ändern kann. Wenn ich das noch ein paar Jahre so weitermache, dann kann ich auch gleich in die Klapse oder eine Klippe runterrollen.«

Sie hört kurz auf zu reden und macht die Scheibe wieder zu.

»Und vorhin hab ich zum ersten Mal nicht mehr daran gedacht, was gewesen wäre, wenn ich einfach nach Hause gegangen, wenn ich in der Schule oder bei dem Schrebergartentypen geblieben wäre, wenn ich die Augen nicht geschlossen gehabt hätte oder einfach nur eine Sekunde später über die Straße gegangen wäre. Oder was gewesen wäre, wenn der Autofahrer mich früher gesehen und rechtzeitig gebremst hätte.«

Da vor mir liegt ihre Hand. Weiß wie Schnee. Ich würde sie gern anfassen, aber ich weiß nicht richtig, wie das geht. Meine Pranke auf ihre Hand legen? So einfach. Ich versuch's.

Sie sagt gar nichts dazu.

Dazu nicht.

»Vorhin hab ich nicht an meinen Schneeflocken-Matsch-Tag letztes Jahr gedacht. Ich hab an dich gedacht. An deinen Geburtstag. Wie der wohl bei dir war. Wie du aus der Schule nach Hause gekommen bist, aus dem Kühlschrank eine halbe Flasche irgendwas Süßes zu trinken genommen hast, ein paar Chips, und wieder irgendein Bert, mit dem deine Mutter tanzt. Kein Besuch, kein Geschenk, kein Tralafitti. Du hast am Tisch gesessen und gewusst, dass dieser Tag vorbeigehen wird wie jeder andere.« Sie macht eine kleine Pause und sagt butterleise: »Ich habe gedacht, dass du das Leben trotz allem liebst und immer auf alle aufpasst. Das habe ich gedacht. Und dass ich das schön finde.«

Sie sieht mich an. Ihre Wiesenaugen brennen jetzt. Ich sehe nicht hin, aber ich kriege es trotzdem mit. Es ist heiß im Auto und es riecht ein bisschen verbrannt.

Hier sitzen wir beide, da sind unsere Hände, übereinander. Und draußen die Schneeflocken, die Straße, die Nacht.

Da draußen ist die Welt, die andere. Unsere Welt ist hier. Für einen verdammten Augenblick.

»Jetzt fahren wir nach Letschow und suchen deinen Vater. Und wir werden ihn finden. Das ist so was von logisch, Ron Robert. Vollkommen logisch. Ich weiß nicht, warum ich das nicht schon früher kapiert habe. Manchmal steh ich echt auf dem Schlauch. Wir beide, du und ich, wir finden deinen Vater. Logo.«

Irgendwas in ihrer Stimme verrät mir, dass sie es genau so meint, wie sie es sagt.

Vor uns taucht aus der Dunkelheit ein Ortseingangsschild auf. *Letschow* steht da und ich hole tief Luft.

NEUNZEHNUHRFÜNFUNDFÜNFZIG

Da ist sie wieder, die Welt da draußen. Das Ortsschild glotzt uns an, und schon hockt sie in unserem Schneewittchen, die Welt.

Erst mal maximal nichts anmerken lassen, denke ich, erst mal maximal ignorieren. Lange klappt das aber nicht. Da kommt wie aus dem Nichts so eine Art Manhattan Skyline. Wie bei uns. Schön geht anders.

Links und rechts dann aber kleine Häuser wie auf eine Schnur gefädelt. Die meisten haben nur ein Stockwerk, stehen da wie Legohäuschen, nur in oll und grau. Sie ducken sich an die Straße, als müssten sie sich an ihr festhalten. Kein Schwein zu sehen, nicht einmal ein anderes Auto. Kein Wunder, so gesehen.

Fiese Zweifel schleichen sich von hinten an. Wo soll hier eine Schönheitskönigin wachsen, und wo sind die Leute, die sie wählen? Hier ist niemand. Nur unser Auto, Clara und ich.

Mein geistesblitziger Plan kommt mir gerade ziemlich schwachsinnig vor. Ich sage aber nix. Doch lange kann es nicht mehr dauern und Clara macht Meldung.

»Da vorne«, sagt sie. »Da vorne muss es sein.«

Ich geh automatisch auf die Klötzer, sehe aber nichts. Was genau soll da sein? Nur die Straße teilt sich und läuft rings um einen Platz. Links ein Beerdigungsladen, *Möse* heißt der. Wollen die mich verarschen? Daneben ein kleiner Kaufmannsladen, *Tägliche Quelle* steht drüber. Keine Ahnung, ob da noch was sprudelt oder ob der nicht schon längst dichtgemacht hat. Dicht wie alles hier.

Doch rechts am Platz steht ein großer, etwas gammeliger Bau, die riesigen Fenster hell erleuchtet. Irgendein Mensch muss die Scheinwerfer ja angemacht haben, die volle Pulle auf Unmengen von Peggy-Plakaten strahlen. Hier muss es also wirklich sein. Clara hat recht, wie immer.

Der Parkplatz davor ist voller Autos. Ich holpere in den letzten freien Platz.

Als der Motor aus ist, ist alles gespenstisch ruhig. Ich schiele auf die Uhr. Schon nach acht. Haben wir uns geirrt?

In dem Augenblick knallt harte Discomucke zu uns ins

Auto und presst uns tief in die Sitze. Jemand hat oben ein Fenster geöffnet und schreit was raus. Ich fühl mich gleich wie zu Hause. Alles klar: Schönheitsköniginnen kann man nicht ohne Mucke, Rauch und Rambazamba wählen!

Clara stößt mich aufmunternd an.

Ich klebe immer noch an meinem Sitz fest. Aber zurück kann ich nicht mehr. Zurück ist nicht.

Also steige ich aus und greife mir den Stuhl für Clara. Die ist schon in Position. Ich hebe sie in den Rolli. Kein Mogli mehr, wir sind ein eingespieltes Team.

Vor uns liegt eine große Treppe, die zum Saal hochführt. Wir glotzen beide nach oben und überlegen.

»Handicap, das Wort hat hier bestimmt noch niemand gehört ...«, sagt Clara.

»Ich trag dich und hol den Rolli nach.«

Clara schaut mich skeptisch an. »Willst du deinem Vater gleich mit einer Behinderten im Arm gegenüberstehen?«

»Warum nicht?«

»Okay.«

Oben an der Saaltür sitzt eine ältere Frau. Sie raucht eine lange, dünne Zigarette und sieht uns halb abgetörnt, halb neugierig entgegen. Mit einer eleganten Handbewegung schnippt sie die Asche auf den Boden. Ihr rot gefärbtes Haar leuchtet wie die Feuerwehr.

Als ich keuchend vor ihr stehe, warte ich nur darauf, dass sie wie Peggy sagt: Was schleppst du denn da an?

Aber sie sagt nichts. Sie guckt nur.

Ich auch: auf den kleinen Tisch mit der bunten Zeitung

und der hellgrünen Kasse aus Stahl und auf ihren Stuhl mit dem roten Kunstlederbezug. Da würde ich Clara nämlich gerne draufsetzen.

Nach einer Weile versteht sie mich. Sie steht auf und ich setze Clara ab. Dann hirsch ich runter zum Rollstuhl. Zwei Typen starren den Rolli an, als wär es ein Space Shuttle.

Ich reiße ihnen den Stuhl unter den Glotzaugen weg und bin schon wieder oben, dort, wo die Musik durch die schwere Holztür hämmert.

Die rote Einlassdame starrt ebenfalls auf den Rolli, zieht an ihrer Kippe und fragt: »Versteh ich richtig, ihr wollt hier rein?«

Claras Augen glimmen, aber sie beherrscht sich. Wir nicken ganz brav synchron.

»Das wäre dann Premiere hier. Macht zwanzig Euro. Behindertenbonus haben wir nicht.«

»Braucht auch keiner«, sagt Clara und zückt einen ihrer Hunderteuroscheine.

»Ich jedenfalls nicht«, fügt sie noch hinzu.

Die Frau lacht. Ihr Lachen klingt rau, aber nicht unfreundlich, und sie zeigt ganz ungeniert eine große Zahnlücke. Zärtlich nimmt sie das Geld, wechselt und stempelt uns eine blaue Krone auf die Hand.

»Links sind die Toiletten, hinter mir könnt ihr eure Klamotten aufhängen, kostet aber extra.«

Als wir weder die Jacken ausziehen noch nach links gehen, öffnet sie uns die Saaltür.

Die Musik, vermischt mit dem Geruch nach Rauch und

Schnaps, trifft mich wie ein Schlag in die Magengrube. Anscheinend darf hier noch gepafft werden, was das Zeug hält.

Es ist rappelvoll. Wir stehen wie blöde an der Tür rum, die laut hinter uns zuschlägt.

Die Tische, die um einen hohen Laufsteg herumgruppiert sind, sind voll besetzt. Die Leute starren uns an. Clara sitzt noch gerader als sonst. »Mein lieber Scholli«, flüstert sie.

Am Tresen, gleich vor uns, entdecke ich einen freien Tisch.

Plötzlich ist die feuerrote Dame mit der Zahnlücke wieder da. »Ihr könnt erst mal den Jurytisch haben. Gegen eine kleine Gebühr, versteht sich.« Sie wartet unsere Antwort gar nicht ab und führt uns an den leeren Tisch. Das schwarze Schild mit dem weißen *Reserviert* steckt sie in ihre silberne Bauchtasche.

»Das ist der Promitisch, wenn ihr versteht, was ich meine. Und nachher seid ihr verschwunden, alles klar?«

Wir nicken. Clara holt das Wechselgeld wieder raus und schiebt einen Zehner rüber.

Die rote Einlassdame lächelt und steckt den Schein zu dem *Reserviert*-Schild. »Elvira«, stellt sie sich vor, und ihre Zahnlücke blitzt. »Elvira und ›Sie‹, damit das klar ist. Vorne ist Marys Platz, das ist die vom letzten Jahr, daneben sitze ich. Die beiden Stühle sind für den Cowboy, wenn er dicht ist und nicht mehr stehen kann. Wenn sich jemand anderes hier hinsetzen will, wegschicken. So läuft das hier.«

Schon ist sie wieder verschwunden.

Auf dem Tisch Lametta, eine fleischfarbene Kunstrose, drum rum vier Stühle. Clara braucht keinen, ich nehme einen der beiden Cowboystühle. Noch wird er ja nicht dicht sein.

Wir sitzen, keiner sagt ein Wort. Ist sowieso viel zu laut. Der Laufsteg ist leer. Dabei ist es schon gleich halb neun.

»Holst du uns eine Cola?«, fragt Clara und legt fünfzig Euro auf den Tisch.

Ich nehme die Kohle und schiebe los, durch den Rauch, durch die Blicke und das schummrige Licht. An der Bar ist noch ein Platz frei, neben einem dürren, speckigen Typen, der mit Filzpantoffeln an den Füßen und einem Kurzen vor sich dasitzt und mich nicht beachtet. Als ich den Platz neben ihm geentert habe, weiß ich, warum der leer ist. Vielleicht riechen alte Männer so, ich hab keine Ahnung. Besser ist jedenfalls, ich halt die Luft an.

Ich lege Claras Schein auf den Tresen und nuschle: »Eine Cola, bitte.« Der Alte guckt gierig auf den Fuffi.

»Mit Schuss?«, fragt der Typ vom Ausschank, und erst jetzt gucke ich ihn an.

Das muss der Cowboy sein: auf seinem Kopf ein weißer Cowboyhut mit ordentlich Glitzer. Unter dem Schwabbelbauch glimmt ein Rest von John Wayne auf. Auf seine Wange ist eine Träne tätowiert. Früher war der Cowboy bestimmt einer von denen, die mit Indianern Brüderschaft getrunken haben. Vor dem Glitzerhut.

Schuss klingt so, als könnte ich's gerade gut gebrauchen. Ich nicke.

Eine aufgedonnerte Bardame stellt ihm wortlos das Glas mit Cola hin. Der Cowboy dreht eine Schnapsflasche mit einem Handgriff um, gießt ein und fragt, bevor meine Hand das Glas berührt: »Achtzehn?«

Ich schnipse den Schein noch ein Stück weiter in seine Richtung. Erst als er ihn nicht nimmt, kapiere ich, was er meint. Ich nicke. »Achtzehn«, sage ich, nehme das Glas und trinke es in einem Zug aus. Ruckizucki, wie alle Berts dieser Welt. Ich warte auf ein bisschen Anerkennung in seinem Blick. Aber da kommt nichts. »Dasselbe noch mal.«

»Auf einem Bein soll hier ja keiner weggehen«, sagt der Cowboy, und schon ist mein Glas wieder voll.

Diesmal trinke ich mit etwas weniger Karacho, aber lange dauert es nicht, dann ist auch das Glas leer. Ich schiebe es Richtung Cowboy. »Noch eine Cola, aber jetzt ohne.«

Ich zahle und mache mich vom Acker.

Schuss, das bringt es. Jetzt ist selbst die Lautstärke erträglich. Auch an den Rauchvorhang habe ich mich gewöhnt. Im Gewöhnen bin ich Weltmeister.

Ich schaukle zurück zu Clara. Ich schaukle wie John Wayne. Die Frauen an den Tischen lächeln mich an. Cool.

Ich stelle das Glas mit Schwung vor Clara hin.

Sie guckt misstrauisch. »Du riechst nach Alk.«

»Quatsch.«

»Quatsch du nicht. Du riechst wie mein Vater. Wie mein Vater nach der Jagd.«

Ihre Stimme sägt ein Loch in meinen Kopf. Meine Laune ist sofort im Eimer.

Demonstrativ schaue ich woanders hin.

Jetzt scheint endlich was loszugehen. Neben uns am Tisch klatschen die Leute, als ein beiger Mann den Laufsteg betritt. Er beachtet die Klatscher nicht, hockt sich konzentriert hin und kramt in seiner abgeschrabbelten braunen Fototasche. Mehr passiert nicht.

Während ABBA durch meinen Kopf rollt, wächst in mir ein Riesendurst auf mehr Schuss. »Ich hol mir noch 'ne Cola«, teile ich Clara kurz mit und stehe auf. Mein Stuhl fällt krachend auf den Boden.

»Hör auf damit«, sagt sie leise, und ich sehe etwas, dass ich sie auf der Stelle umarmen möchte.

Ihren Mogli-Blick hatte ich schon fast vergessen. Aber jetzt will ich noch so einen sauber vom Cowboy reingekippten Schuss, da kann Clara auf Mogli machen, wie sie will.

»Du bezahlst das jedenfalls nicht mit meinem Geld«, schnauzt sie.

»Das ist nicht dein Geld«, fällt mir ein. »Das ist die Kohle von deinem Vater.« Ich muss grinsen. Kluger Jonny.

»Wenn du jetzt gehst, bin ich weg.«

Das ist Peggys Text. »Und wo willst du hin?«, frage ich.

»Das kann dir doch egal sein«, zischt sie.

Zischen ist nicht. »Bin gleich wieder da«, murmele ich und hau endgültig ab.

Wenn das jetzt so abläuft wie bei Peggy, dann sitzt sie nachher immer noch an der gleichen Stelle und heult. Besser, ich guck mich nicht um. Besser, ich mach, dass ich zum Tresen komme. Und zwar im geraden Lauf, ohne zu torkeln. Klappt so eben.

Der Cowboy ist nicht mehr da. Nur der Stinker hat sich keinen Zentimeter weggerührt.

»Cola mit Schuss«, sag ich zu der Barfrau und leg einen Zehner hin.

»Achtzehn?«, fragt sie.

»Logo, der Cowboy weiß Bescheid.«

»Hab's gehört.«

»Und?«

»Du bist zwar groß und stark wie der Ronni, aber nicht älter als mein Kevin. Das rieche ich. Und mein Kevin ist sechzehn.«

Ich zucke zusammen. Ich zucke eine gefühlte Ewigkeit zusammen. Die Barfrau guckt mich an. Dann hebe ich mein Kinn wie ein Ringer vor dem Kampf. »Wer heißt hier Ronni?«

»Mann, der Cowboy, und jetzt zeig deinen Ausweis.«

Kalt ausgeknockt, mit schlenkernden Armen stehe ich da. Soll ich mich umdrehen und SOFORT zurück zu Clara an den Tisch gehen?

»Gib dem Jungen doch seinen kleinen Schuss, Reni«, kommt es da von rechts.

»Du weißt nicht, wovon du redest, Henry, du hast keinen Sohn.«

»Wer weiß das schon.«

Ich sehe vorsichtig zu Henry rüber. Sein Schnauzer hängt bis weit über die Lippen. Er grinst mich an. Was will das magere Pisspantoffel-Walross von mir? Ich für meinen Teil brauch jetzt erst recht was zu trinken.

»Ich schmeiß uns 'ne Runde.«

»Brauchste nicht, die Invalidenrente reicht gerade noch für meinen Schnaps. Aber gut«, er schiebt der Bardame sein Glas rüber, »zur Feier des Tages lass ich mich überreden. Dann schenk mal ein, Reni, und guck nicht so vorwurfsvoll. Inzwischen geht ihr hier pleite.«

Reni greift zur Colaflasche.

»Gib uns einen Schnaps.«

»Auf deine Verantwortung«, sagt sie.

Ich stoße mit Henry an. Soll ich ihn nach Ronni, dem Cowboy, fragen? Ich taste nach dem Foto in meiner Hosentasche. Alles, wo es sein soll.

Ich sage: »Elvira, die Rothaarige vom Einlass, hat uns einen Platz gegeben. Am Jurytisch. Neben dem Ronni, dem Cowboy. Gegen Kohle, versteht sich«, ahme ich sie nach.

Henry nickt. »Elvira macht aus Scheiße Gold. Ich weiß nicht, wie die das schafft. Aber am Ende steht sie doch immer mit nix da. Ist 'ne Gute.«

Ich nicke Henry zu, trinke meinen Schnaps aus und drängle mich zu unserem Tisch zurück.

Okay. Der Cowboy heißt also Ronni. Ganz langsam. Das muss noch nichts heißen. Vielleicht heißen die hier ja alle so.

Clara ist nicht mehr da. Ich glotze blöd auf die Stelle, wo sie saß, und kann nicht glauben, dass sie wirklich weg ist. Stattdessen sitzt da eine bildhübsche Frau, eine mit engem Kleidchen und Schärpe um den schmalen Körper, an unserem Tisch.

Ist das der Schnaps, oder hat Clara sich verwandelt, denk

ich und schnappe nach Luft, während ich das unbekannte Wesen anstarre.

Ich starre, bis mir Tränen in die Augen treten. Das ist die Peggy, die da draußen auf allen Plakaten an den Bäumen und Hauswänden hängt. Wahrscheinlich die Peggy vom letzten Jahr, von der Elvira vorhin gesprochen hat. Einfach lecker. Wie hieß die noch mal?

»Mary«, sagt Peggy-vom-letzten-Jahr und lässt ihr Händchen in meine Pranke schweben.

»Jonny«, kommt es wie von selbst aus mir heraus. Hört sich aber cool an und genauso fühle ich mich auch. Ich bin fast weggetreten von so viel Glanz und Schönheit. Zu allem Überfluss passiert mir auch noch eine kleine Verbeugung. Mann. Mann. Mann. Doch eher mal kein Jonny.

Jetzt grinst Mary und ich grinse zurück.

»Bis später«, sagt sie und verschwindet im Rauch.

Alle meine Mädels weg, verschwunden, in Luft aufgelöst.

»Clara?«, sage ich laut und ein bisschen hilflos in den Rauch hinein.

Die Typen am Nachbartisch zucken mit den Schultern. »Die Kleine im Rollstuhl mit den drei Augen? Eben war sie noch da ...«

Da ertönt ein Tusch, es wird leise im Saal. Oben auf der Bühne steht der Cowboy. Breitbeinig, wie einer von Peggys Muckimännern, nur in ausgeleiert.

Als ich ihn da stehen sehe mit seinem weißen Cowboyhut, muss ich aufstehen, mich wieder hinsetzen und schlucken. Was er an Text absondert, kann ich nicht genau hören, in meinem Kopf bellen die Wölfe. Lange halte ich das nicht aus. Mir ist schwindlig.

Er heißt Ronni und er trägt weiße Schuhe.

Ronni, der Cowboy, trägt weiße Schuhe. Weiße Stiefel, weiße Cowboystiefel. Das zieht mir jetzt endgültig den Stecker.

Deutlicher können die mir nicht sagen, dass er mein Vater ist.

Am liebsten würde ich auf den Tisch kacken oder wenigstens reinbeißen. Warum, verdammt noch mal, ist Clara nicht da? Ich will sie jetzt und auf der Stelle durch die Luft schleudern. Meinetwegen sogar in ihrem Rolli. Ich will ihr gar nicht sagen, dass ich recht hatte. Wie ein Mann von Welt werde ich diese haargenaue, exakte Wahrheit für mich behalten, nur schreien vor Glück, so laut, dass ich ihre Wünsche gleich mit rausschreie. Und die gehen dann sofort in Erfüllung, auf der Stelle. So sieht's aus.

Aber wo ist sie? Jetzt muss gefeiert werden. Ich sehe nur Henry, der sich zu uns durchdrängelt. Er schleift den Barhocker hinter sich her, in der anderen Hand ein volles Schnapsglas, das er vorsichtig auf den Tisch stellt, während er umständlich versucht, seinen Hocker an den Tisch zu schieben. Ich nutze die Gelegenheit und greife zu. Sein Fusel setzt meine Kehle in Flammen. Ich weiß exakt, wann das Zeug meinen Magen erreicht hat.

Henrys wütendes Gesicht verschwimmt vor meinen Augen, sein erhobener Arm ist dünn wie ein Streichholz und knirscht ein bisschen, als ich ihn nach unten drücke. Ich vergesse immer wieder mal, wie stark ich bin. Mein Stresszeiger dreht schon wieder am Rad.

Plötzlich steht die rote Elvira an unserem Tisch und hält mir ein großes Glas hin. »Loslassen und trinken.«

Mach ich glatt. Scheiße, das ist pures Leitungswasser.

»Und du, Henry, schleichst dich zurück zum Tresen. Du riechst nicht gut und dort fällt das nicht so auf.«

Ich bin nach dem Riesenglas Wasser wieder ein bisschen bei Sinnen. Henry hievt sich mit schmerzverzerrtem Gesicht bockig auf seinen Hocker und ruckelt sich Zentimeter für Zentimeter näher an den Tisch.

Frau Elvira zuckt mit den Schultern und meint: »Von mir aus. Aber Abstand und Klappe halten, Henry. Sieh zu, dass du nicht vom Hocker fällst, und lass die Finger von Mary.«

Sie schaut an mir hoch und raunzt: »So, Kleiner, und jetzt ist es so weit. Der Tisch ist belegt. Du und deine Drei-Augen-Maus – wo ist sie überhaupt?« Sie unterbricht ihre Standpauke und sieht mich mit zusammengekniffenen Augen an.

Wenn ich das wüsste, wäre ich ein ganzes Stück weiter.

Sie winkt ab. »Na, egal. Ihr seht jedenfalls zu, wo ihr bleibt.«

Ich stehe ganz langsam auf und bin schon auf dem Weg zum Klo. Hoffentlich ist wenigstens da noch ein Plätzchen frei. Und vielleicht finde ich da ja auch meine Drei-Augen-Clara.

ZWANZIGUHRFÜNFZIG

Das war knapp. Ich habe gedrängelt wie die Karnickel am Futternapf und im wirklich allerletzten Moment eine offene Klotür entern können.

Pissen tut gut. Fast so gut wie schreien.

Aber Clara hab ich nicht gefunden, auch nicht im Frauenklo, soweit ich es da reingeschafft habe. »Clara!«, habe ich noch rufen können, dann war ich entdeckt und wurde rausgezischt.

Vielleicht gibt's noch eine Geheimtoilette für Promis?

Elvira, die ich hätte fragen können, sitzt nicht mehr am Eingang, sondern thront am Jurytisch. Es ist leiser im Saal. Die, die einen Platz ergattern konnten, sitzen, ein paar Alte machen ein Schläfchen, die Männer grunzen sich an und prosten sich zu. Von Tisch zu Tisch, von Mann zu Mann. Die Frauen reden aufeinander ein, die meisten Kinder sind weg. Keine Clara.

Der Cowboy steht immer noch oben auf dem Laufsteg und redet. Ob ich einfach mal rauf soll, ihn anhauen? »Hey, ich bin dein Sohn, Ronni-Cowboy.« Er hält aber schon die Mary im Arm und erzählt irgendwas von wegen »Königin vom letzten Jahr, aber immer noch in voller Blüte«. Witz, komm raus, du bist umzingelt. Den Humor hab ich eindeutig nicht von ihm geerbt. Aber wie Mary sich an seine breite Schulter kuschelt, das gefällt mir. Leider steh nicht ich da oben und hab auch keine Träne auf die Wange tätowiert. Noch nicht.

Ich recke den Hals und spähe zum Promitisch. Elvira pafft und Henry säuft. Keine Clara. Inzwischen dreht sich eine Discokugel und der Saal beginnt zu brodeln. Dann ein Tusch wie im Zirkus und auf der Bühne erscheint noch eine Laufstegprinzessin. Die dritte.

Ich stehe wie festgenagelt, glotze sie an.

Die Dritte trägt so eine Art Dirndlkleid. Ihre kleinen Brüste sind weit nach oben geschoben. So weit es eben geht. Sie tänzelt bis ans Ende des Laufstegs. Als sie sich nach vorne beugt, kann ich tief in ihren Ausschnitt gucken. Ist nicht viel zu sehen, aber die Leute pfeifen und johlen trotzdem. Der Cowboy klatscht und heizt die Stimmung an. Vielleicht zieht sie gleich noch was aus dem Ausschnitt? Ein weißes Kaninchen oder so?

Nichts dergleichen passiert. Die dritte Prinzessin ist noch nicht ganz verschwunden, da kommt schon die vierte. Sie macht denselben Tanz auf dem Laufsteg und diesmal starre ich in ein ganzes Busengebirge. In ihrem Dirndl hocken zwei prall aufgepumpte Luftballons. Die Dinger sorgen ordentlich für Aufregung im Saal. Auf dem Rückweg presst der Cowboy sogar seine Träne in die Ballons. In mir steigt das restliche Leitungswasser nach oben. Muckimänner sind schon schlimm genug, aber wenn das mein Vater ist ...

»Gibt es hier noch eine Toilette? Für Promis oder Behinderte?«, frage ich den beigen Mann, der vor dem Laufsteg steht und Fotos macht.

»So etwas haben wir hier nicht, Junge.« Er lacht. »Aber falls du deine Freundin suchst, die ist vorhin mit Mary in der Bühnengarderobe verschwunden. Da hinten.« Er zeigt auf das Ende des Saals.

Ich könnte ihn knutschen, aber er ist schon wieder los. Langsam schiebe mich in Richtung Garderoben und öffne die erste Tür. Dahinter sind nur Putzeimer, Lappen und Schrubber. Hinter der Tür daneben sieht es schon vielversprechender aus. Das könnten die Garderoben sein. Aber es ist keiner hier, nur Berge von Schuhen und Klamotten.

Vorne, gleich neben der Saaltür, steht ein Tisch voller Fresszeug. Zwischen Buletten und Kartoffelsalat aalen sich ein paar einsame Möhren. Jetzt erst merk ich, dass ich einen Riesenkohldampf habe. Ich schleiche mich an und stopfe zwei große, fettige Buletten in mich rein. Nervennahrung. Die Möhren stecke ich als Notvorrat in meine Tasche. Da höre ich Stöckelschuhe, die sich schnell nähern. Es ist Mary, die mich freundlich wieder Richtung Ausgang schiebt. »Ich muss mit Clara sprechen, dringend!«

»Während der Show hat hier keiner Zutritt«, sagt sie bestimmt und schließt die Tür.

Ich brülle durch die Tür: »Sag mir wenigstens, ob sie da drin ist!«

»Ja doch. Sie hat Spaß.«

Der beige Fotograf hatte also recht: Clara ist bei den Laufstegprinzessinnen. Ich kann mir zwar beim besten Willen nicht vorstellen, was exakt sie da macht, aber super, dass sie sich wenigstens nicht komplett in Luft aufgelöst hat.

Mir ist nach Kotzen und ich rutsche die Wand entlang auf den schmierigen Boden. Egal. Erst mal den Teich runterkochen.

Also, was genau ist Phase?

Ich weiß, wer mein Vater ist. Ich weiß, wo Clara ist, und Mary ist ziemlich lecker. Tief durchatmen. Alles unter Kontrolle. In etwa.

Inzwischen hüpft das gefühlt siebzigste Dirndl über den Laufsteg. Ich sehe nur kurz hin. Der Cowboy stolziert wie ein fetter Gockel um sie herum.

Ganz ruhig jetzt, Ron Robert.

Also, nehmen wir mal an, ich wäre Clara. Wie wäre dann der Plan, frage ich meine Kaulquappen. Aber die Arschlöcher sind abgetaucht. Wahrscheinlich zu laut hier. Keine einzige Kaulquappe in Sicht. Und kein einziger noch so verschissener Plan. Fürs Kaulquappenangeln muss es leiser sein, eindeutig. Frische Luft wäre fast schon ein Plan, denke ich mir. Ich hieve mich hoch und schiebe mich zum Ausgang. Das dauert. Draußen vor der Tür atme ich heftig ein. Ich hebe die Arme und lasse mich in den Schnee fallen. So, dass ich weiß, ich werde nie mehr aufstehen, schallt es in mir, als mein Gesicht in die Kälte eintaucht.

Aber nach einer Weile wird es in meinem Kopf klarer. Ich stehe langsam auf, klopfe mir den Schnee von den Klamotten und gehe wieder rein. Ich habe einen Plan. Ich werde Clara erzählen, dass ich ihn gefunden habe. Hier und heute.

Und zwar volles Rohr. Genau. Das mache ich. Ich werde es ihr einfach erzählen.

Und das ist mein ausgefeiltester Plan seit Langem. Ich muss grinsen.

Mittlerweile stehen die Leute grölend vor der Bühne. Kein Durchkommen.

Die Prinzessinnen laufen und laufen. Diesmal in weißen Kleidern. Hey, das sind Brautkleider. Mein lieber Scholli. So viel Weiß. Ich sehe nur noch Weiß. Weißer als alles, was ich je vertickt habe, weißer als der Schnee da draußen. Weißer als weiß, weißer als das Schneewittchen. Weißer als die sieben Zwerge. Weißer als die Stiefel meines Vaters.

Ich war noch nie auf einer Hochzeit, schießt es mir durch den Kopf.

Der Cowboy singt: »Ganz in Weiß mit einem Blumenstrauß, so siehst du in meinen schönsten Träumen aus …«

Jemand reicht ihm einen Schnaps nach oben. Er kippt ihn runter. Und noch einen. Und noch einen. Dann hält er plötzlich wirklich einen Blumenstrauß in der Hand. Jetzt müsste ich hochspringen und ihm und den unzähligen Braut-Prinzessinnen sagen, dass er einen Sohn hat. Mich, Ron Robert Ranke aus Frankfurt an der Oder. Aus der Hauptstadt der Wölfe. Dann würde ich mich drehen und mich von allen Seiten bewundern lassen. Und alle Bräute würden rufen: »Ein Tusch für Ron Robert Ranke, den Sohn von Ronni, dem letzten Cowboy aus dem Oderbruch!« Im Chor.

Abgefahren.

Die Bräute tänzeln um den Cowboy rum, schnell und

schneller. Und dann, mitten im Brauttanz, fällt eine hin. Ihr Knie blutet. Sie heult. Aber niemand bleibt stehen. Alle tun so, als wäre nichts passiert. Ich will die heulende Prinzessin beruhigen und nehme schon Anlauf für den Sprung, da sehe ich eine heftige Handbewegung des Cowboys. Fast wie ein Schlag in ihr Gesicht. Sie zuckt zurück und verschwindet schluchzend hinten in den Garderoben.

Was für ein Testosteronjunkie, der Typ.

Ein paar pfeifen die heulende Prinzessin aus, aber noch bevor die Stimmung richtig in den Keller gehen kann, knallt Boney M. aus den Boxen. *Daddy Cool.*

Und jetzt ist der Cowboy dran. Er tanzt.

Elvira springt auf und tanzt auch. Sie springt auf den Tisch und wippt mit ihren Hüften. Henry klatscht. Er hat ein super Rhythmusgefühl, jeder Klatscher geht daneben.

She is crazy about her daddy – oh, she believes in him – she loves her daddy, singt Elvira, und bald singen alle mit.

Ich nicht. Vor mir auf dem Tisch stehen drei kleine Feiglinge.

Alle starren auf den Laufsteg. Ich schnapp mir die Kleinen. Ex und hopp.

Einmal, zweimal, dreimal ex und hopp.

Als der Song zu Ende ist, grölt der Cowboy »Pause!« ins Mikro.

Wenn dieser Endgestörte wirklich mein Vater ist, dann will ich hier weg. Nichts als weg.

EINUNDZWANZIGUHRDREISSIG

Da lerne ich endlich meinen Vater kennen und will am liebsten sofort wieder abhauen.

Sieht so aus, als hätte ich es nicht anders gewollt.

Familie kann man sich nicht aussuchen, hab ich mal gehört. Scheiße, was mach ich jetzt?

Gut, ich könnte »das Gespräch suchen« oder ihm gepflegt eins auf die Fresse geben. Ist aber so gesehen beides nicht meine Art.

Ich habe vergessen, was ich tun wollte. Keine Kaulquappe in Sicht. Mein Stresszeiger ist nicht auf Sendung. So gar nicht. Das ist allerdings merkwürdig. Hatte ich noch nie. Muss was mit den kleinen Feiglingen zu tun haben. Maximalbetäubung, sozusagen.

Die Leute strömen in alle Richtungen. Zum Klo, um alles Reingekippte wieder rauszulassen; oder nach draußen, um an der frischen Luft zu rauchen.

Plötzlich steht ein Typ neben mir und starrt abwechselnd auf die drei leeren Feiglinge und auf mich. Doch bevor ich eins aufs Mäppchen kriege, macht sich mein Körper selbstständig und sprintet in Richtung Ausgang. Ich reiße Elviras Kassentisch um, springe die Treppenstufen runter und kotze die Feiglinge in die Büsche. Und auch alles andere kotze ich aus mir raus: den Cowboy, die Peggys, alle Berts dieser Welt. Sogar das, von dem ich jetzt noch gar nichts weiß. Die Vergangenheit, die Gegenwart und die Zukunft. Ich kotze mir die Seele aus dem Leib, so lange, bis Gelb kommt. Zitrone auf Eis. Dabei dachte ich, zum Schluss kommt Grün. Zurück zur Natur.

Manchmal ist die Natur auch nur ein armes Schwein. Was die alles zu sehen bekommt.

Danach bin ich extrem wackelig auf den Beinen, aber fast nüchtern. An der Treppe zum Saal stehen ein paar Frischeluftschnapper, gucken rüber und lachen verstohlen. Ist mir egal.

Ich spüre einen freundlichen Atem, jemand hält mir ein Taschentuch vor die Nase. So ein echtes, aus Stoff.

Der beige Fotograf guckt mich auch so an wie niemand sonst. Erst Clara, jetzt er.

»Warte noch ein paar Jährchen damit. Im Moment bringt das noch nichts. Wenn es überhaupt was bringt. Weißt du, Junge«, sagt er, »im Grunde ist Saufen was für Feiglinge. Das weiß nur keiner.«

Ich nicke, ohne zu verstehen, was genau er meint.

Der Fotograf klopft mir leicht auf die Schulter und weg ist er. Ich bleibe noch eine Weile benommen stehen und halte meine Birne in die frische Schneeluft. Dann ist es genug.

Okay, Clara ist bei den Prinzessinnen und hat Spaß, eigentlich schön. Bis es reicht. Wir verziehen uns, Clara und ich. Egal wohin. Nur weg von hier.

Im Saal boxt schon wieder der Papst beziehungsweise der Cowboy tänzelt blöde rum. Ich höre nur Sprachfetzen, so was wie: »... Bikiniparade!«

Der Masse gefällt es. Sie tobt. Mann. Mann. Mann. Wann hat die Scheiße endlich ein Ende? Jetzt kann mich nichts mehr aufhalten. Ich schiebe jeden, der mir im Weg steht, zur Seite und bahne mir den Pfad zu Clara.

In der Garderobe laufen alle wild durcheinander. Wie in einem Bienenkorb geht es hier zu. Alle quatschen gleichzeitig. Gut, dass ich den Testosteronanteil in diesem Haufen wenigstens ein bisschen in die Höhe treibe. Hier herrscht eindeutig Östrogensmog. Das sagt Peggy immer, wenn sie vom Friseur kommt. Jetzt weiß ich, was sie meint.

Clara scheint voll in ihrem Element zu sein. Geschäftig rollt sie zwischen den aufgescheuchten Hühnern hin und her und kümmert sich um die immer noch heulende Prinzessin. Irgendwo hat sie Verbandszeug aufgetrieben: Mullbinde, Schere, Pflaster. Sie hat's einfach drauf. Mich beachtet sie demonstrativ nicht. Nicht die Bohne. Aber richtig übel nehmen kann ich ihr das nicht. Sie sieht süß aus. Irgendwie glücklich.

Ich haue mich erst mal in einen Sessel. Wie für mich gemacht, das Ding.

Die meisten sind schon im Bikini und machen sich startklar. Clara hat die heulende Prinzessin verarztet und sagt: »Wieso willst du eigentlich dem Cowboy nach dem Ding noch die Show schön machen? Der hat dich von der Bühne gescheucht, als du hingefallen bist – ätzend. Warum tust du dir das an? Der Typ hat dich doch gar nicht verdient. Du kannst auch woanders Kasse machen.«

Mary kommandiert in die Stille hinein: »Los, dalli, dalli, Mädchen, keine Müdigkeit vorschützen. Die Show muss weitergehen! Wegen ein bisschen Hinfallen machen wir uns doch nicht ins Hemd.« Dabei scheucht sie die heulende Prinzessin weg von Clara.

Mir schenkt sie noch ein schelmisches Lächeln.

Sieh mal an, die reizende Mary. Hätte ich nicht gedacht, dass sie so ein gruseliger Topmodel-Soldat ist. Nicht von ihr.

Der Ton zeigt Wirkung. Die heulende Prinzessin schluchzt noch einmal auf, reißt sich den frischen Verband vom Knie, humpelt zu ihrem Bikini und zieht sich das Brautkleid aus. Dann steht sie, nur noch im knappen Höschen, direkt vor mir.

Gut, viel ist da nicht zu sehen, aber ich fühle mich trotzdem schlagartig so, als hätte mir jemand heißes Wasser über den Kopf gekippt.

Da dreht Clara ihren Stuhl in meine Richtung und kühlt mich eins-a runter. »Was genau willst du eigentlich hier?«, blafft sie mich an.

»Mich entschuldigen.«

»Okay, ich höre.«

»Saufen ... Saufen ist was für Feiglinge.«

Sie guckt verdutzt.

»Schlaues Kerlchen«, kommt es schon sanfter von ihr.

Die erste Hürde wäre also genommen. Muss mich später noch mal bei dem Fotografen für den Satz bedanken.

Neben mir schimmeln die Reste vom Buffet leise vor sich hin. Essen ist hier wohl nicht. Die heulende Prinzessin kippt sich einen Feigling. Ich kann ihren Atem riechen. Die leere Flasche wirft sie auf die kalten Würstchen und öffnet die nächste. Sie tut mir leid. Hör auf damit, will ich sagen. Wie ich es immer zu Peggy sage. Wie es Clara heute zu mir gesagt hat. Obwohl es bei niemand irgendwas bringt. Nicht bei Peggy, nicht bei mir und auch nicht bei der heulenden Prinzessin. Damit habe ich Erfahrung. Zu erkennen, wenn was nix bringt.

Also halte ich meine Klappe.

Sie läuft zu den anderen Bikinis an den Vorhang. Stramm, lächelnd, in gerader Haltung stehen sie da, die Peggys von heute. Wie eine Armee, bereit für die letzte Schlacht.

Da gibt Clara noch mal Gas. Sie fährt vor die Laufsteg-Armee und ruft laut: »Keine Frau muss das tun! Der Typ hat euch ALLE nicht verdient!«

»Ach, Kindchen«, sagt Mary halb ironisch, halb liebevoll zu Clara. »Du hast wirklich keine Ahnung. Gar keine.«

»Dieser Arsch!«, ruft Clara noch mal.

»Dieser Arsch heißt Ronni und ist mein Vater.«

Clara schnappt nach Luft. »Sicher?«

»Hundertpro.«

Das Johlen draußen wird immer lauter und die Armee setzt sich in Bewegung, marschiert durch den Vorhang.

Die Bikiniparade beginnt.

»Komm, lass uns abhauen. Sofort«, sag ich.

»Kommt gar nicht infrage. Weißt du was, Ron Robert?

Diesem Arschloch zeigen wir jetzt mal, wo der Frosch die Locken hat.« Sie wirft einen Blick auf das Brautkleid, das achtlos auf dem Boden liegt. Kurz entschlossen schnappt sie sich die Schere. Schnipp-schnapp hat sie das Kleid auf halbe Länge gekürzt. »Umdrehen«, schreit sie.

Zu Befehl, Chefin. Mann. Mann. Mann.

»Jetzt gucken.« Clara hat sich ruck, zuck das Brautkleid übergestreift und strahlt mich begeistert an. Sie sieht aus wie eine Punklady auf Hochzeit.

»Ich geh da jetzt raus und zeige dem Cowboy, was 'ne Harke ist. Dann ist der Zirkus hier gelaufen.«

Ich bin total geflasht. »Willst du 'ne Revolte anzetteln?«, stottert es aus mir raus.

»Du hast es erfasst, Ron Robert. Ich werde jetzt den Laden hier hochgehen lassen.«

Und schon rollt sie Highspeed durch den Vorhang.

Der Vater-Cowboy draußen labert gerade was vom »jährlichen Höhepunkt« und ist dicht wie ein U-Boot. Gekonnt rollt Clara an die Bühnenkante, grinst ins Publikum und macht ein Peacezeichen. Die Laufsteg-Armee kreischt. Begeistert? Entsetzt? Wahrscheinlich beides.

Clara brüllt wie ein Marktschreier in ein Mikro: »Alle mal herhören, die Show ist gelaufen, Leute, ihr müsst mit mir vorliebnehmen! So was wie mich hat es hier noch nie gegeben. Das hat Seltenheitswert! Was selten ist, ist teuer. Und was teuer ist, ist schön. Spieglein, Spieglein an der Wand, ich bin die Schönste im ganzen Land! Wer stimmt für mich? Arme hoch!«

Ich linse vom Vorhang ins Publikum und sehe die Leute: mit offenen Mündern staunend, murrend, buhend. Aber die rote Elvira applaudiert. Sie klatscht nicht als Einzige. Henry klatscht auch. Respekt.

Da packt der Cowboy Claras Rollstuhl und will sie von der Bühne schieben. Aber Clara, meine clevere Clara, hat die Bremse gezogen. Die Bremse ihres Stuhls und die Bremse der Bikiniparade. Astrein.

Der Cowboy zerrt weiter an ihrem Stuhl. Jetzt ist es auch für mich an der Zeit, dem Kerl zu zeigen, wo der Frosch die Locken hat, und noch einiges mehr. Mit einem Satz bin ich auf der Bühne und gebe ihm mit einem treffsicheren Kinnhaken erst mal kräftig eins auf die Nuss. Der Typ, der mein Vater sein will, liegt am Boden und guckt mich ungläubig an. Dann rappelt er sich auf, stürzt sich auf mich und in null Komma nix ist eine Klopperei im Gange. Er trifft mich an der Augenbraue. Die platzt auf und was Warmes läuft mir über das Auge.

Darauf kann ich keine Rücksicht nehmen. Wo ist Clara? Ich kann sie nicht mehr sehen. Ich kann überhaupt nichts mehr sehen, auch nicht, wo sich das Arschloch gerade befindet. Blind trete ich um mich und treffe ihn zufällig mit einem Kung-Fu-Tritt am Oberschenkel. Hab ich mal im Fernsehen gesehen. Er schreit auf und springt mich wieder an. Wir wälzen uns am Boden. Ich wische mir das Blut aus dem Gesicht und nehme ihn in den Schwitzkasten. »Du Arschloch, warum hast meine Mutter geschwängert!«

»Wer zum Teufel ist deine Mutter?«, keucht er.

»Peggy. Peggy Ranke ist meine Mutter. Die Königin vor siebzehn Jahren.«

Er glotzt mich an und röchelt. Meine Faust bleibt in der Luft stehen.

»Na und? Ich mach dich fertig, du stinkender Rollmops«, presst er heraus.

Ich hole noch mal aus, und er keucht: »Da war nix. Ich hab nix mit den Mädchen. Never. Viel zu jung.«

»Ich glaub dir kein Wort«, sage ich, und bevor meine Faust in seiner Drecksackfresse landet, brüllt er: »Die Peggy hätte ich gerne geschwängert. Die wollte aber nicht. Die hat halt keinen Geschmack!« Er grinst schief.

Am liebsten würde ich ihm jetzt allein dafür eine ballern, stattdessen lasse ich ihn aber einfach auf die Bretter fallen. Keuchend bleibt er liegen.

»Woher weiß ich, dass das die Wahrheit ist?«

»Können diese Augen lügen?«

Stille. Irgendjemand hat die Musik ausgestellt. Niemand sagt mehr ein Wort. Niemand buht, niemand kreischt. Die Bikiniarmee nicht und das Publikum auch nicht.

Clara nimmt meinen Arm. »Komm, wir gehen.«

Ich bin fix und fertig. Von der Cowboyantwort. Von der Schlägerei, vom Alkohol, von der Stille, von Claras Augen.

Der Fotograf hilft mir hoch. »Lasst gut sein, Kinder, es ist vorbei. Das ist alles gar nichts für euch. Ihr kommt jetzt mal mit.«

Der Cowboy und ich gucken uns an. Er sieht richtig scheiße aus. Vermöbelt und alt. Aber ich glaube ihm.

Halten wir fest: Er ist nicht mein Vater. Er ist ein Arschloch. Aber er ist nicht mein Vater.

Mich durchströmt ein Gefühl wie an den wenigen Tagen im Jahr, an denen Peggy sich das Saufen abgewöhnt hat, die Wohnung sauber und kein Muckimann in Sicht ist und Peggy und ich zusammen frühstücken. Glück pur. Mein Zeiger steht auf eins. Und ich bin nicht tot.

Immerhin.

ZWEIUNDZWANZIGUHRFÜNF

Langsam zuckeln wir über den aufgematschten Dorfplatz. Nicht so einfach mit dem Rolli. Es ist dunkel, still, irgendwie dörflich eben. Nur der Mond scheint ab und zu durch die Wolken.

Der Fotograf wohnt nicht weit vom Saal, genau zwischen dem *Möse-Beerdigungsinstitut* und der *Täglichen Quelle*.

Vorne hat sein Haus ein staubiges Schaufenster – darin hängen eins, zwei, drei Königinnen und strahlen uns an. Er holt einen riesigen Schlüsselbund aus seiner Aktentasche und schließt die Fotoladentür auf.

Ich nehme Clara auf den Arm, der Fotograf trägt den Rollstuhl. »Den nehmen wir lieber mit, nicht dass da heute Nacht noch jemand auf dumme Gedanken kommt.«

Mann, bin ich platt. Nicht tot, aber platt. Schlägereien sind echt nicht mein Ding, aber ging nicht anders. Ich bin so platt, dass ich kurz Angst habe, Clara fällt mir aus dem Arm, mitten in dieses Chaos aus Gerümpel und uralten Fotoapparaturen. Es riecht muffig. Verkauft wird hier eher nichts mehr, schätze ich mal. Könnte mal eine anständige Inventur vertragen, der Laden.

Hinten, in der engen Küche, ist es dann aber gemütlich und sogar ganz ordentlich. Eine uralte Uhr tickt mit der Zeit um die Wette, aber langsamer irgendwie. Auf dem Tisch liegt eine bunt bestickte Decke, darauf jede Menge Fotoapparateteile. Der Fotograf legt sie mit ein paar Handgriffen in eine der kleinen Porzellanschubladen in den Holzküchenschrank.

Bis wir schließlich sitzen, hat niemand ein Wort gesagt.

Da steht der Fotograf kurz wieder auf, macht eine kleine Verbeugung und sagt seinen Namen.

Ich vergess ihn gleich wieder. Für mich ist er einfach der Fotograf – Punkt.

»Ron Robert«, sage ich.

»Clara Luise«, sagt Clara und guckt mich herausfordernd an.

Soso, die Luise hat sie mir bisher verschwiegen. Ist wie ein neues Gesicht. Aber eins, das nicht richtig sitzt.

Der Fotograf hantiert mit einer Teekanne, nimmt keine Teebeutel, sondern wirft rotbraunes Zeugs aus einer Dose in ein kaffeebraunes Netz. Kenn ich aus der Werbung, nur sind die Netze da immer weiß.

Hoffe nur, ich hab nicht gleich die Krümel in den Zähnen hängen.

Als hätte der Fotograf das gehört, siebt er alles noch mal durch. Teezeremonie. Wie in Japan, glaube ich.

Wir trinken Tee. Aus kleinen Tassen. Zu dritt, am Küchentisch. Jeder schlürft so vor sich hin. Clara trinkt normal, der Fotograf nippt behutsam und ich taste mit der Zunge meine Zähne ab. Keine Krümel. Eins-a.

Wie aus dem Nichts die erste Frage: »Was macht ihr beiden eigentlich hier in Letschow, außer euch zu prügeln, und wo sind eure Eltern?«

Doppelfrage. Okay.

»Verwandtenbesuch«, sage ich und überspiele den zweiten Teil der Frage relativ gekonnt, indem ich Peggys Foto aus der Tasche hole und auf den Tisch lege.

Er schaut etwas länger auf das Bild und sagt: »Ist lange her, dass ich das gemacht habe, das Foto ... Was habt ihr mit Peggy zu tun? Ist das deine Mutter?«

»Exakt.«

»Und wo ist es jetzt, das Mädchen mit den Rehaugen?« Er schaut interessiert, seine Augenlider hängen ein wenig, aber er scheint hellwach. Wie eine freundliche Schildkröte.

»Welches Mädchen, welche Rehaugen?«, fragt Clara.

Ich mache eine undefinierte Armbewegung durch den Raum. »Peggy? Na, zu Hause.«

»Auf dem Rankehof?«

»Wie jetzt, Hof?«

Der Fotograf geht nicht auf meine Frage ein und sagt:

»Hm, sie hatte wohl keine Lust auf den Busenzauber.« Er nickt gedankenverloren vor sich hin, und es sieht nicht so aus, als würde er auf eine Antwort warten.

Meine Geistesblitzigkeit macht gerade ein Schläfchen und die Kaulquappen sind auch nicht auf Sendung. Aber Clara, die schon. Die ist so was von auf Sendung. »Nein, Peggy ist nicht auf dem Hof. Sie kommt nach. Wir sind erst mal alleine hier. Mit der Bahn.«

»Ja«, mische ich mich ein, »ich wollte schon mal im Vorfeld nach dem Rechten sehen, und Clara hilft mir dabei«, setze ich nach.

Was Besseres fällt mir nicht ein.

»Soso ... nach dem Rechten sehen ... und Clara hilft dir dabei.«

Er guckt erst in meine Richtung, dann zu Clara und nickt weiter vor sich hin, sagt aber nichts. Dann rührt er sehr gründlich in seiner Teetasse rum. Okay, die freundliche Schildkröte ist voll auf Kurs. Scheiße.

Wir gucken uns an. Clara zuckt mit den Schultern. Der weiß Bescheid, sagt ihr Blick, und glaubt uns kein Wort. Würde ich auch nicht.

Als der Fotograf wieder hochschaut, sieht er mir voll ins Gesicht. »Da draußen, auf dem letzten Hof, da, wo der Wald anfängt, lebt deine Familie, Junge. Also, der Rest. Elvira. Elvira Ranke. Die suchst du doch, deine Familie, richtig?«

»Wie jetzt? Die rote Dame ist ...«

»... deine Großmutter, richtig. Und wenn du wirklich deine Verwandten suchst, dann findest du sie dort.« Wieder schaut er mich mit so einem Gesichtsausdruck an, als wäre ihm alles klar.

Mein Stresszeiger meldet sich. »Äh, na ja«, stottere ich blöde.

»Ja, genau«, sagt Clara schnell. »Seine Verwandten, die suchen wir.«

Ich schaue Clara an und wir müssen ein bisschen grinsen.

Die rote Elvira. Es hätte schlimmer kommen können, denken wir beide.

»Gut, dass du dich auf den Weg gemacht hast. Wird Zeit, dass hier noch ein Ranke ist.«

»Noch ist ja gar nichts klar«, sage ich.

Clara schickt mir einen Blick wie: Rede dich jetzt nicht um Kopf und Kragen.

Der Fotograf nickt wieder und seufzt leise. »Das wirst du ja morgen sehen. Besser, ihr geht jetzt schlafen. Ihr seht müde aus.« Seine Finger zeichnen langsam das bestickte Muster der Tischdecke nach. »Und eure Eltern, die wissen *wirklich* Bescheid?«, fragt er ganz unvermittelt.

Wir nicken synchron.

»Gut. Habt ihr noch Hunger?«

Wir essen beide eine Stulle mit Käse und Gurke und trinken dazu den doppelt durchgesiebten roten Tee.

Ich bin froh, dass der Fotograf uns jetzt in Ruhe lässt und keine Fragen mehr stellt. Er hantiert an der Spüle rum und nickt weiter ein bisschen vor sich hin. Das ist jetzt nicht so ein Opa-Nicken, wo der Kopf sich irgendwann selbstständig macht und rumwackelt. Das ist mehr, wie wenn jemand an was zurückdenkt, was schon gar nicht mehr wahr ist. Interessanter Tick jedenfalls.

Unser Zimmer ist klein und nicht so altmodisch wie der Rest des Hauses. Viele Fotos an den Wänden von Menschen aus Ländern, die ich nicht kenne. Sieht aus, als hätte hier mal ein Junge gewohnt. Von den Fotos eigentlich nicht so, aber von den Sachen und von den Postern her. Matchbox-Autos in ordentlicher Reihe wie bei mir, darüber Pokale und Urkunden und in der Ecke drei Fußbälle.

»Mein Sohn«, antwortet der Fotograf auf meinen Blick. »Der lebt schon lange im Ausland und kommt ganz selten.«

Es gibt nur ein Bett. Ich setze Clara ab. Der Fotograf gibt uns zwei Schlafsäcke und eine Isomatte. An der Tür von dem Schrank hängt ein Poster vom 1. FC Frankfurt. Wenn ich mich für Fußball interessieren würde, wäre das exakt meine Mannschaft. Immer ganz unten.

»Na dann, schlaft gut, ihr beiden«, sagt der Fotograf und dreht sich um. Jetzt nickt er nicht mehr.

»Ich müsste noch mal ins Bad«, kommt es von Clara, die sich neugierig im Zimmer umschaut, als wir alleine sind. »Und der Stuhl muss noch neben das Bett.«

»Ja, klar, mach ich später.«

Ich bin zwar platt wie 'ne Flunder, schnappe sie mir aber und wir stehen wieder in der Küche des Fotografen. Mann, ist die eng. »Bad, Klo?«, frage ich.

»Links, die rechte Tür, Junge. Auf der Kommode liegen frische Handtücher für euch.«

Ich stelle fest: Dusche und Klo in einem, genau wie bei uns. Bevor ich Clara absetze, frage ich: »Kommst du klar?«

Sie lächelt. »Setz mich einfach auf die Toilette und geh.«

Ich bin froh, dass ich mich verziehen kann. »Ruf mich, wenn du fertig bist.«

In der Küche tickt die Uhr immer noch an der Wand und es riecht auch immer noch nach dem Tee. »Was is'n das für Tee?«, frage ich den Fotografen, der am Tisch sitzt und die Kamera von heute Abend säubert – mit der gleichen Behutsamkeit, mit der er vorhin seinen Tee getrunken hat.

»Rotbuschtee, aus Südafrika.« Er sieht hoch zu mir und sagt: »Setz dich doch noch einen Augenblick.«

»Ich stehe ganz gerne«, sage ich und denke: Südafrika kenne ich, aber Rotbuschtee? Nie gehört.

»Der Tee ist aus den Blättern eines Strauchs aus den Zederbergen am Westkap. Die Rinde des Strauchs ist rötlich, deshalb sagt man Rotbuschtee, in Afrikaans heißt *rooi* rot und *bos* Busch. Die Ureinwohner trinken den schon seit ewigen Zeiten. Ich war da vor über zwanzig Jahren auf einer Fotosafari. War meine allererste Reise nach Afrika. Ich hab viel gelernt, nicht nur über den Tee und seine Heilkraft.«

Und mit dieser Stimme, die warm ist und angenehm, redet er immer weiter über Tee, die Heilkraft der Seele und so weiter.

Das alles höre ich gar nicht mehr richtig, höre nur diese Stimme und denke so vor mich hin: Wenn ich mal wieder Kasse gemacht habe, mit Klopapier und dem anderen Zeug, kauf ich mir Rotbuschtee und ein weißes Sieb, und dann lade ich Clara zum Teetrinken ein. Irgendwo auf einer Wiese, so grün wie ihre Augen, oder gleich direkt in Afrika.

»Setz dich doch, bis Clara Luise so weit ist«, hör ich ihn dann wieder. »Kommt sie zurecht?«

»Ich schätze schon«, sage ich, obwohl ich keine Ahnung habe, und zucke ein bisschen wegen der Luise zusammen. Aber ich bleibe stehen.

»Weißt du«, sagt er, ohne aufzublicken, »wie du dein Mädel vorhin verteidigt hast, das gefällt mir, Junge. Das war richtig. So waren die Rankes immer. Sie haben immer zu denen gehalten, die es nicht gut so hatten im Leben.«

Ich weiß nicht, wo genau ich jetzt hingucken soll vor lauter Peinlichkeit, und sage: »Clara ist nicht schwach.«

»Ich weiß«, sagt er. Er schaut auf.

Ich schnappe mir den Rolli, trage ihn schnell in unser Zimmer und stelle ihn neben Claras Bett. Wie befohlen, die Dame.

Da höre ich sie rufen.

Clara hat eins der Handtücher um den Kopf gewickelt. Hat sich wohl die Haare gewaschen. Keine Ahnung, wie sie das schon wieder gemacht hat.

Wir sagen noch mal brav »Gute Nacht« zum Fotografen und weg sind wir.

Auf dem Bett ruckelt sich Clara die Kissen zurecht. Wirkt total professionell. Ohne Schminke sieht sie voll klein aus.

Ich mache das Licht aus und lege mich unten auf die Isomatte. Unsere Klamotten lassen wir an. Clara liegt im Brautkleidchen auf dem Bett. Meine Jacke ziehe ich aus, die hat von der Schlägerei einen ziemlichen Riss am Ärmel. Trotzdem, bequem geht anders.

Ich dusche morgen, beschließe ich erst mal, obwohl ich nicht gut rieche. Ich krieche in den Schlafsack und ziehe den Reißverschluss bis ganz nach oben. Einen Arm lasse ich draußen. Für alle Fälle.

Ich bin todmüde und gleichzeitig hellwach.

Nach einer Weile sagt Clara: »Ob er die ganzen Fotos hier an den Wänden selbst gemacht hat? Oder sein Sohn? Die müssen jedenfalls auf total vielen Kontinenten unterwegs gewesen sein: China, Lateinamerika, Asien und Afrika. Schön sind die.«

Woher weiß sie jetzt wieder, wo die Fotos gemacht wurden? »Von Afrika und so hat er mir vorhin erzählt …«

Wir schweigen.

»Am besten finde ich, dass auf den Fotos überall Menschen drauf sind, nicht nur Landschaften«, sage ich irgendwann.

»Ich habe auch mal viel fotografiert.«

»Echt?«

»Ja, aber mehr ohne Menschen.«

Mir fallen die Fotos in ihrem Zimmer ein. Mann, ist das alles gerade weit weg. »Stimmt, mehr so Schrottplätze und Butterblumen.«

Ich höre sie durch das schummrige Licht lächeln. »Gewöhnlicher Löwenzahn.«

Sie kann einfach nicht anders. Clara Schneehasen-Klugscheißerin. Ich lächle durch das Mondlicht zurück.

Nach einer kleinen Pause sagt sie: »Gegensätze sind schön.«

»Klaro, die haben was.«

»Auf einer Skala von eins bis hundert: Wie froh bist du, dass der Cowboy *nicht* dein Vater ist?«

»Tausend!«

»So eine prompte Antwort habe ich noch nie von dir bekommen.« Sie fängt an zu lachen, total ansteckend. Ich muss mitlachen.

Und wir lachen und lachen und lachen. Die reinste Lachorgie ist das. Wir können überhaupt nicht mehr aufhören. Ich habe Angst, wir lachen uns tot. Irgendwann sind wir so erschöpft, dass wir nur noch total bekloppt vor uns hinkichern.

Plötzlich höre ich mich fragen: »Warum wolltest du eigentlich so dringend zu diesem Konzert nach Berlin?«

Sie hört auf zu kichern. »Warum wolltest du denn so dringend deinen Vater finden?«

»Was für ein strunzblöder Vergleich.«

»Dann frag doch nicht.«

Toller Dialog, denke ich.

»Ich hatte diese Einladung, deshalb. Vor einem Jahr hab ich den Schrebergartentypen kennengelernt und am nächsten Tag war der Unfall. Ich habe jeden Tag darauf gewartet, dass ich da hingehen kann. Zu dem Konzert. *Gehen,* verstehst du? Aber als das Jahr fast vorbei war, war mir klar, dass ich nicht ohne Rollstuhl dahin kann. Nie mehr. Dass ich immer an diesen Scheißstuhl gefesselt sein werde. Irgendwann habe ich dann aufgehört zu warten. Und das wollte ich feiern.«

»Was jetzt, feiern?«

Jetzt redet sie ganz leise: »Ich wollte auf das Konzert, so wie ich jetzt bin. Ich wollte wissen, wie sich Glücklichsein anfühlt als Krüppel. Wie es sich jetzt anfühlt, den Schrebergartentypen singen zu hören. Darum wollte ich unbedingt dahin.«

Ich höre ihren Schlafsack rascheln.

»Weißt du, eigentlich will meine Mutter *immer* und überall mit, weil ich ja angeblich nichts alleine machen kann. Am Ende schreibt sie doch nur gelbe Zettel, die sie überall hinklebt. Ätzend. Aber dieses eine Mal wäre es echt schön gewesen, sie dabeizuhaben.« Jetzt baumelt ihre Schneehasenhand direkt vor mein Gesicht.

»Nachdem Mama mir gestern das Konzert abgesagt hat, wollte ich nicht einfach so aufgeben. Ich wollte trotzdem dahin. Auf jeden Fall. Egal wie. Egal mit wem. Und jetzt weiß ich, dass *du* genau der Richtige warst. Jetzt will ich mit dir dahin. Irgendwann.«

Ich muss kurz schlucken.

»Aber warum der Fotograf zu deiner Mutter Mädchen mit den Rehaugen gesagt hat, ist mir ein Rätsel. Das passt doch gar nicht zu ihr.«

Ich sage immer noch nichts. Krieg das alles nicht so richtig eingenordet, was sie da von sich gibt. Ich speichere aber erst mal ab, dass sie mit *mir* dahin will. »Mhm«, sage ich nur, und in meinem Bauch ist es warm.

Eine schöne kleine Stille tritt ein. Ihre Hand hängt immer noch aus dem Bett. Ich nehme diese runterhängende sehr weiße Schneehasenpfote und baumle damit ein kleines bisschen sanft rum, bevor ich was sage: »Wenn man Peggy so erlebt, könnte man denken, sie ist mal grundsätzlich sauer aufs Universum. Ist sie aber gar nicht. Sie hat wahrscheinlich mit irgendwas Pech gehabt.«

Wahrscheinlich mit mir. Das denke ich aber nur.

»Dass zum Beispiel genau diese eine Wolke da draußen sich exakt in dreieinhalb Minuten vor den Mond schiebt. So was weiß sie. Und alle Hunde aus der Siedlung legen sich sofort auf den Rücken und winseln vor Glück, wenn sie sich nähert. Deshalb kann uns die Müller auch nicht leiden. Der Köter ist total verrückt nach ihr. Und weil sie mir zum Geburtstag – ich weiß nicht, wie – ein Schneewittchen-Cabrio besorgt hat, obwohl das gar nicht in unsere Portokasse passt. Deshalb wahrscheinlich.«

»Verstehe.«

»Ja?«

»Hm. – Bert wird ganz schön blechen müssen für das Auto.«

»Finde ich gut.«

»Ich auch.« Sie kichert.

»Morgen früh fahr ich auf den Hof raus.«

»Finde ich auch gut.«

»Ich auch.«

»Schlafen wir jetzt?«

»Hm.«

»Bis morgen.«

»Ja, bis morgen.«

Und exakt in diesem Moment schiebt sich diese eine kleine Wolke da draußen vor den Mond.

DREIUHRSIEBENUNDZWANZIG

Ich werde wach. Öffne die Augen. Es ist stockduster. Ich schwitze, es ist eng, wie eingeschnürt liege ich da.

Ich habe keine Ahnung, wo ich bin. Es riecht anders. Nicht direkt schlecht, aber fremd.

Bin ich wieder geflogen, und sie haben mich geschnappt, die Dreckswölfe? Hab ich's oben nicht mehr ausgehalten, bin runtergeknallt, und der größte, der Alphawolf, hat mich wirklich gefressen? Warum hat sich mein Stresszeiger nicht gemeldet?

Jetzt liege ich also im Bauch dieses Alphawolfes und kann nur noch warten, dass er mich verdaut und auskackt.

Verdauen ist, so wie ich das verstanden habe, einfach eine Sache von Säure und Zeit. Und wenn beides zusammenkommt, scheißt man das, worauf Säure und Zeit keinen Bock haben, wieder aus. In dem Fall mich, als braunen Haufen. Einen braunen Scheißhaufen.

Aber noch ist es nicht so weit. Noch kann ich wenigstens

eine Hand bewegen. Mit ihr taste ich an mir herunter. Fühlt sich an wie eine Wurstpelle. Wie eine Plastikleberwurstpelle vom Aldi.

Wird das Verdauen wenigstens ein bisschen länger dauern.

Jetzt grinse ich, obwohl ich das überhaupt nicht witzig finde.

Da berührt meine Hand etwas Warmes, Weiches. Ich zucke zurück und taste noch mal nach. Das ist Claras Hand.

Und plötzlich ist es da. Alles, was gestern passiert ist.

Gestern erst. Ein ganzes eigenes Leben, dieses Gestern.

Vielleicht hat man jeden Tag ein neues Leben? Dann fängt morgen wieder eins an. Und jetzt bin ich in einer Art Zwischenwelt.

Clara liegt da oben auf dem Bett und atmet leise. Ich liege in einem fremden Haus, in einem fremden Zimmer, in einem fremden Schlafsack und berühre Claras Hand. Ich bin mitten zwischen einem alten und einem neuen Leben.

Von Wölfen keine Spur.

Jetzt kann ich einfach die Augen wieder schließen und weiterschlafen. Morgen ist das alles noch da. Und alles wieder neu.

SECHSUHRFÜNFUNDFÜNFZIG

Ich öffne meine Augen und bin sofort im Schulmodus. Es ist 6:55 Uhr. Ich habe noch einundzwanzig Minuten bis zum 7:16er-Bus. Trödel nicht rum, Ron Robert.

Ich setze mich hin und glotze mit verklebten Augen auf das Poster vom 1. FC Frankfurt.

Hier stimmt was nicht. So ein Poster hängt eindeutig nicht in meinem Zimmer. Von hier aus geht's auch nicht in die Schule.

Da fällt's mir wieder ein. Es ist Samstag. Wir sind in Letschow, und da oben auf dem Bett liegt Clara und schläft, als ob sie nie zur Schule müsste.

Ich lass mich wieder auf den Rücken fallen. Scheiße, ist das hart. Isomatten sind mal generell das Letzte, im Sport und erst recht, wenn man drauf pennt.

Mir fallen die zwei frischen Handtücher auf der Kommode ein.

Ich hab zwar gestern erst gebadet, aber das war ja noch in einem anderen Leben.

Ich könnte jetzt aufstehen und so lange duschen, bis die Sonne aufgeht. Gestern war das 8:08, genau in dem Moment, als ich die Klasse betreten habe. Acht Minuten zu spät zum

Unterricht, keine Minute zu spät zum Sonnenaufgang. Alles eine Frage der Einstellung.

Duschen. Das wäre ein Plan. Und zwar ein richtig ausgefeilter.

SIEBENUHRFÜNFZEHN

Richtig hell ist es ja noch nicht, aber ein Käffchen nach der Dusche wäre nicht schlecht. Wäre ein Festtag.

Leise schäle ich mich aus der Wurstpelle. Clara schnorchelt immer noch vor sich hin.

Im Flur kein Lichtschalter in Sicht, also taste ich mich so durch.

Ist ziemlich eng im Bad, wie bei uns. Deshalb geht Duschen auch immer ruck, zuck bei mir.

Eng ist nix für mich.

In der Küche ist es warm. Es riecht nach Filterkaffee und diesem Afrikatee. Der Fotograf liest in einer Zeitung, blickt auf: »Hast wohl auch einen kurzen Schlaf. Kaffee oder Tee?«

»Wäre Kaffee okay?«, frage ich.

»Ja, sicher, der ist schon durchgelaufen.«

»Dann setz ich mich mal. Kaffee mit viel Milch, so mag ich ihn am liebsten.«

Wir schweigen ein bisschen vor uns hin.

Der Fotograf ist also auch keiner, der einem morgens schon das Ohr abkaut. Gut.

Nach einer Weile stehe ich auf und sag: »Ich geh mal raus, nach dem Rechten sehen.«

Der Fotograf brummelt irgendwas durch die Zeitung.

»Clara schläft noch«, sag ich im Gehen.

Draußen schüttle ich meine Knochen, schau in den Himmel, such die Sonne, finde sie nicht und denke kurz: Clara kommt schon klar.

In meiner Hosentasche das Foto und die restlichen Euro von gestern.

Es riecht nach Schnee, und auf dem Dorfplatz versuchen drei kleine Orgelpfeifen, einen Schneemann zu bauen. Klappt nicht so ganz.

Ich krame in meiner Jackentasche und finde die beiden gammeligen Möhren von gestern Abend. Lass mal, denke ich, die haben ihren Charme aber so was von eingebüßt.

Ich gehe zu den Jungs und rolle ein bisschen mit am Schneemann rum. Sie bewerfen sich mit Massen von Schnee, knuffen sich und schreien. Ich krieg auch eine Schneeladung ab. Mitten ins Gesicht.

Als ich so alt war wie die Gören, hab ich den Schnee immer gegessen. Wenn der im Mund geschmolzen war, blieben immer winzige Steinchen übrig, die habe ich dann ausgespuckt.

Hm, fühlt sich zwar ein bisschen nach früher an, aber ohne Steinchen. Schmeckt auch nach nichts.

Das Licht bricht durch die Wolken. Der Kleinste schubst

an mir rum und ich lass mich in den Schnee fallen. Extra für ihn. Ich bleibe liegen, lass die Sonne mich anstrahlen und mache die Augen zu. Nach einer Weile sag ich: »Wetten, dass ich weiß, wie viel Kilo jeder von euch so auf die Waage bringt?«

Die Orgelpfeifen bauen sich neugierig vor mir auf. »Woher willste denn das wissen?«, fragt der Kleinste und bohrt einen Finger in sein Ohr.

Diesen kleinen Pisser würde ich mir am liebsten in die Hosentasche stecken und mitnehmen, so klasse finde ich den.

Ich stehe auf, klopfe mir den Schnee von den Klamotten. »Ich weiß es eben.« Und tippe an meine Stirn. »Intuition.«

Die Orgelpfeifen grinsen mich an. »Was issen das?«

Ich geb dem Ohrbohrer eine Kopfnuss und schnappe ihn mir. Nacheinander wiege ich sie. Obwohl sie gar nicht wissen, wie viel Kilo sie auf die Waage bringen, liege ich richtig. Behaupte ich mal.

Der Mittlere fragt: »Woher kommst'n du?«

Ich verstelle meine Stimme: »Draußen vom Walde komm ich her … und gleich fresse ich euch.«

Der Ohrbohrer kreischt begeistert. Die anderen beiden zeigen mir einen Vogel.

In dem Moment hör ich eine Stimme: »Hör mal, du! Du, hey! Wie heißt du noch mal?«

Ich drehe mich um.

Der Cowboy steht leicht schwankend neben mir, hat ein riesiges Veilchen und stinkt voll nach Restalk. »Hey, was ich fragen wollte … wo ist jetzt eigentlich Peggy?«

Ich geh einen Schritt zurück, schaue ihn mir noch mal eingehend an und zucke mit den Schultern. Kann nie schaden.

Dann sag ich: »Quatsch mich nicht von der Seite an, klar?«

»Ist der Schlitten von euch?«, quatscht er einfach weiter.

»Logo.«

»Na, dann hat Peggy wohl Karriere gemacht. Alle Achtung! Ist sie draußen auf dem Hof? Da kannst du ihr gleich ausrichten, dass sie den Ausfall von gestern ersetzen muss. Wird teuer.«

Die Kinder haben die ganze Zeit interessiert von einem zum anderen geguckt und kein Wort gesagt. Der Kleine zupft mir an der Jacke rum. Ich reiche ihm eine gammlige Möhre.

Der Cowboy nervt weiter. »Sag schon.«

»Nee, ist sie nicht.«

»Und wer ist dann gefahren? Hierher, meine ich?«

»Na, ich. Bin schließlich achtzehn.«

»Ach ja, stimmt«, sagt er und grinst mich schief an. »Ich erinnere mich schwach.«

»Von wo bist du denn gekommen?«, fragt er weiter.

»Geht dich gar nichts an.«

Er winkt ab. »Hör zu, Kleiner, wenn ihr jemanden braucht, der die Karre zurückbringt, ich wohne über dem Saal.« Er guckt mich mit seinem Restauge noch mal an und sagt: »Deine Rechte ist übrigens nicht so schlecht für einen Jungen in deinem Alter.«

Er schwankt davon, Richtung Saal.

»Muss noch mal in die Heia«, ruft er uns im Weggehen zu.

Dabei legt er sich voll auf die Fresse. Sprechen und Laufen gleichzeitig ist wohl zu viel auf einmal. Er flucht, die Gören kichern. Der fährt das Schneewittchen nirgendwo hin, denke ich so. Seine Fahne kann man nämlich bis nach Frankfurt riechen. Frankfurt am Main.

Der Ohrbohrer kaut versonnen an seiner gammligen Möhre rum.

»Wo ist die Bushaltestelle zum Rankehof?«, frage ich den Größten.

»Was krieg ich dafür?«

Ich gebe ihm wortlos die andere Möhre.

Er glotzt erst sie an, dann mich: »Na gut. Vorne an der *Quelle.*«

Ich nicke den Gören kurz zu und latsche zur Haltestelle. Mal gucken, wann und ob der Bus überhaupt kommt. In so einem Kaff, das könnte dauern.

Ich biege um die Ecke. Alles klar.

Warum wundere ich mich jetzt nicht, dass Clara im Bushäuschen steht und mich durch die Sonne anstrahlt? »Den Rest der Geschichte, Ron Robert Ranke, den will ich jetzt auch noch aus erster Hand erleben. Der Bus kommt in sieben Minuten.«

»Hm.« Für einen Moment wünsche ich mir, sie läge noch im Bett, würde schlafen und ich könnte alleine schauen, wie sich der Rest der Geschichte so entwickelt. »Du hast vorhin fest geschlafen. Ich wollte bloß mal checken, wie wir hier wegkommen.« Hört sich irgendwie nicht echt an, merke ich selber.

Sie sagt auch nichts.

»Äh, ich brauche Zeit«, sage ich dann.

»Wofür?«

»Für alles.«

Ihre Nase zuckt. »Zeit ist gut«, sagt sie, und ihre Stimme klingt fast ein bisschen scheu.

»Ein guter Tag, rauszufahren«, sage ich genauso lahm wie vorhin und gucke in den Himmel.

»Hör mal, Ron Robert, wenn du da alleine hinwillst, kann ich auch hierbleiben und mit dem Fotografen ein bisschen im Laden rumstöbern. Wirklich.«

So ganz glaube ich ihr das nicht. Ich denke kurz nach und sage: »Folgender Plan. Du kannst mitkommen, aber ich bestimme, wo es langgeht.«

»Wobei?«

»Bei allem.«

Sie zögert.

»Gut.«

»Dann wäre das ja geklärt.«

Ich bin froh, als der Bus um die Ecke biegt.

SIEBENUHRFÜNFUNDFÜNFZIG

Der Busfahrer, ein junger Typ, mustert mich kurz und kaut auf seinem Kaugummi rum. Mit einem Blick auf Clara sagt er: »Schaffste das alleine?« Und ohne eine Antwort abzuwarten: »Ich mach hinten auf, macht hinne.«

»Endstation«, sage ich. Und er, im Losfahren: »Bist du nicht der Typ, der gestern den Cowboy vermöbelt hat?«

»Sieht ganz so aus.«

Ich verziehe mich schnell wieder Richtung Clara, bevor er anfängt, mir das Ohr abzukauen. Muss nicht sein.

Wir sind die Einzigen im Bus.

Als wir das Dorf hinter uns lassen, atme ich tief durch.

»Vielleicht schlafen die da noch«, sagt Clara.

»Möglich.«

»Und, was machen wir dann?«

»Klingeln.«

Ich sehe raus, und sie versteht, dass sie jetzt den Mund halten soll.

Beim Rausschauen atme ich so vor mich hin. Die Gegend hier ist platt wie Peggys Eierkuchen und verdammt weiträumig. Das gefällt mir. Hier mal ein Hof, da mal ein Hof. Und dazwischen immer sehr viel ... Gegend.

Auch die Sonne gibt richtig Gas, keine Wolke am Himmel. Und viel Schnee. Kein Mensch auf der Straße. Nicht mal ein Auto.

»Wo ist denn hier die Oder, so ungefähr?«, rufe ich dem Busfahrer zu.

Der macht eine Armbewegung, die alles bedeuten könnte. Scheint aber noch weiter weg zu sein.

»Ist bestimmt schön da, noch ganz natürlich. Da würde ich gerne mal im Sommer hin«, sagt Clara, um irgendwas zu sagen.

Ein Hund kommt aus einem der Höfe gestürzt und läuft dem Bus kläffend hinterher. Der Busfahrer hupt im Stakkato. Der Köter kriegt sich gar nicht mehr ein.

Die sind im Krieg, die beiden. Und zwar schon länger.

Der Busfahrer drückt aufs Gas und lacht. Irgendwann bleibt der Köter zurück.

Clara und ich grinsen uns an. Die sind ja drauf hier.

Dann hält der Bus und eine alte Frau steigt ein.

Sie schaut uns an. Ihre Augen fixieren uns. Guckt uns an, als wären wir Bilder in einer Ausstellung, Bilder, die sie nicht versteht und die ihr viel zu teuer sind.

Ich schaue zurück und grinse ein bisschen.

Aber das macht ihr gar nichts aus. Sie schaut und schaut. Sie kann sich wohl nur noch nicht entscheiden, ob wir Feinde, Idioten oder einfach nur Exoten sind. Oder sie hat sich an der endlosen Weite hier sattgesehen und findet zwei wie uns einfach mal was anderes.

An der nächsten Haltestelle steigt die alte Frau wieder aus.

Der Busfahrer springt raus und hilft ihr dabei. Ich habe mal Pause.

»Dauert nicht mehr lange!«, ruft er nach hinten, als wir weiterfahren. »Und dann geht's wieder zurück. Jede Stunde einmal hin und her. Den ganzen Tag. Tja, bei uns ist richtig was los.« Er lacht.

Scheint ja ein lustiges Völkchen zu sein hier, ist mir noch gar nicht so aufgefallen.

»Haste gut gemacht gestern. Der Cowboy ist ein Arsch. Der hat's verdient. Und die Show war ja eh fast vorbei. Jetzt hat Mary halt zwei Jahre die Krone auf, findet die bestimmt richtig gut.«

Ich antworte nicht und schaue aus dem Fenster. Der Busfahrer pfeift vor sich hin. Es fängt an, waldig zu werden. Schnee auf den Bäumen, kein Reichen-Schnee wie bei Clara. Aber eben auch ... Schnee.

Und wirklich, es dauert nicht mehr lange, da hält der Busfahrer an einer Haltestelle und dreht sich zu uns um. Noch bevor ich aufstehen kann, lacht er wieder sein raues Lachen, startet den Bus und fährt ihn von der Straße runter, einen winzigen Feldweg rein. Clara und ich schaukeln gefährlich hin und her, kommt mir vor wie 'ne Reise auf einem Kamel durch Alaska oder so. Fremd.

»Ich bring euch der Elvira direkt vor die Tür!«, brüllt er durch das laute Scheppern nach hinten.

Ich schaue raus auf das beschneite Feld und habe keine Fantasie, wie der Bus auf diesen löchrigen Miniweg passt.

Und dann sehe ich ihn, den Hof, direkt vor uns. Das muss

er sein. Peggys Hof, Elviras Hof, der Rankehof. Eins, zwei, drei, vier Häuser auf einem Haufen. Vier Häuser! Mein lieber Scholli, kenne niemand, der so viele Häuser hat. Bis gestern kannte ich ja nicht mal jemand, der ein einziges hat.

ACHTUHRZWANZIG

Erst trag ich den Rolli raus, dann Clara. Draußen, vor dem Hof, atme ich die Vier-Häuser-Luft ein, und der Bus fährt den Holperweg rückwärts wieder zurück.

Jetzt, wo ich direkt davorstehe, sehe ich, dass der Hof nicht mehr ganz frisch ist. Hier wohnt doch keiner.

Ein kleiner Stall ist fast komplett eingestürzt. Die Balken ragen wie ein Dinosauriergerippe in den Himmel. Steine liegen kreuz und quer. Als wär hier 'ne Bombe eingeschlagen.

Im Wohnhaus die Fenster sind dunkel.

»Klingeln?«, sagt Clara.

Ich weiß es gar nicht mehr so genau. Scheiße. Der Bus ist weg, und wir stehen allein auf diesem endlosen Eierkuchen, allein mit dem Rankehof.

Soll ich jetzt wirklich klingeln? Gibt aber keine Klingel. Nichts. Auch kein Namensschild. Gar nichts. Nur Feld, Schnee, Wind und vier Bruchbuden.

Sieht aus, als ob hier Wölfe leben.

»Der kommt ja in einer Stunde wieder«, sage ich zu Clara und sehe dabei angestrengt dahin, wohin der Bus verschwunden ist. Irgendwohin, Richtung Oder oder so.

»Du willst echt wieder gehen? Einfach so?«, fragt Clara, und ihre Wiesenaugen kullern fast auf diesen einsamen Hof.

Ich zucke mit den Schultern. Keine Ahnung. Ich habe den Hof gesehen. Das reicht.

Aber Clara ist bereits auf Betriebstemperatur. »Ehrlich, Ron Robert Ranke, ich habe mir echt vorgenommen, den Mund zu halten und alles dich bestimmen zu lassen. Aber Bestimmen heißt für mich nicht Kneifen! Und wir werden ja jetzt nicht die Mücke machen, nur weil es hier keine Klingel gibt und der Hof am Schimmeln ist.«

»Ich kneife nicht.«

»So, du kneifst nicht? Okay, dann bist du eben feige. Wir klingeln nicht, wir klopfen!«

»Ausgefeilter Plan«, sage ich und würde mich wirklich ganz gerne vom Acker machen.

Sie klopft aber nicht, sie *hämmert*. Einen Augenblick halte ich die Luft an. Nicht dass irgendetwas passieren würde. Wir warten, aber es rührt sich nichts. Okay, hier wohnt niemand mehr. Niemand. Ich fasse die Türklinke an – seit wann haben Eingangstüren Türklinken? –, und die Tür öffnet sich. Nicht abgeschlossen! Irgendwie unheimlich.

Ich starre in einen chaotischen Flur voller Gummistiefel, Jacken, Mäntel, Körbe und Kisten. Sieht aus wie bei uns. Das hilft.

»Lass uns reingehen«, sagt Clara. Ich habe keine Ahnung, wieso, aber sie hat wieder das Kommando übernommen.

Clara ist schon im Flur. Vor uns drei Türen. Eine links, eine rechts, eine geradeaus. Und eine dunkle Treppe nach oben. Wir stehen im Haus und wissen nicht weiter. Ist wie in einem Videospiel. »Hallo?«, rufe ich in den Flur hinein.

Nichts passiert.

Da öffnet Clara die rechte Tür. Dahinter ist es dunkel und still. Der Raum ist voller ausgestopfter Tiere. Ein paar sehen total eingestaubt aus. Auf dem Tisch, der Fensterbank und auch sonst überall liegen Schädel – große, kleine, einfach gruslig. An den Wänden hängen Tierbilder und auf der Couch liegt ein Stapel Tierhäute. Auf dem Tisch läuft ein uralter Computer, darauf ein fleckiges Tablett mit einem Klumpen blutigem Tier, daneben lauter Pinzetten und Messer. In der Ecke ein Ofen, es ist sehr warm und stinkt bestialisch.

Was ist denn das für eine krasse Scheiße?!

»Igitt!«, schreit Clara.

»Lass uns abhauen, sofort«, sage ich, da öffnet sich die Tür links neben uns.

Vor uns steht Elvira. Sie sieht aus wie ein zerrupftes Huhn, ihre Haare stehen in alle Richtungen ab. Über ihrem engen schwarzen Rock und die weiße Bluse von gestern hat sie eine schmuddelige Kittelschürze gestreift. Schick sieht irgendwie anders aus. Ihren Gesichtsausdruck würde ich mal als verpeilt bezeichnen. Sie riecht nach endloser Feierei, nach Saufarien und einer geplatzten Königinnenkür.

Eine Weile sagt niemand ein Wort. Nicht mal Clara.

»Was wollt ihr denn hier?«, fragt Elvira schließlich.

»Na ja, mal nach dem Rechten sehen«, sage ich lahm. Mein Stresszeiger macht Meldung.

»Nach welchem Rechten?«, fragt Elvira und macht einen verwirrten Eindruck.

Ich nehme das Heft in die Hand und stelle mich vor: »Ron Robert«, sage ich erst und füge nach einer kleinen Pause noch »Ranke« hinzu.

Das wirkt.

»Ron Robert?«, fragt Elvira. Und noch einmal: »Moment mal, Peggys kleiner Ron Robert?« Dabei sieht sie mich misstrauisch an. »Der bist du?«, fragt sie immer weiter.

Aus den Augenwinkeln sehe ich, wie Clara Luft holt.

Deshalb sage ich schnell: »Exakt.«

»Exakt«, wiederholt Elvira und schaut mich an wie eine Schlange in dem Augenblick, bevor sie sich auf ihr Opfer stürzt. »Warum bist du so groß?«

»Das wüsste ich auch gerne!«

»Henry!«, brüllt sie plötzlich die dunkle Treppe hinauf. »Henry, steh auf! Schnell! Hier unten neben mir steht der Kleine von meiner Peggy, in groß. Und die von gestern im Rolli ist auch dabei.«

Jetzt hat sie begriffen, dass ich es bin. Dass ich wirklich der Kleine von ihrer Peggy bin. Da hechtet sie an mir hoch und hängt sich an meinen Hals. Mann, Mann, Mann.

Ich stehe da wie eine dicke, krumme Laterne, und an mir hängt die rote Elvira und murmelt in sich hinein: »Der kleine Ron Robert, der Kleine.«

Ich schau auf sie runter, weiß nicht so richtig, wohin mit mir. Irgendwann schluchzt sie nur noch und ich leg ihr vorsichtig meine Pranke auf den Rücken. Sofort ist sie ganz still. Wie der Hund von der Müller.

»Kommt rein, Kinder, hier draußen im Flur ist es doch kalt! Setzt euch, ich koche euch einen Kaffee. Und wenn Henry endlich aus dem Nest kommt, holt er Feuerholz aus der Scheune, und wir machen es uns richtig gemütlich.«

Wir schauen auf die Tür, aber von Henry keine Spur.

Auch in der Küche ist es arschkalt.

»Ich komm mit«, sage ich, als Elvira seufzend aufsteht.

Wir schlittern über den Hof, es hat wieder angefangen zu schneien. Elvira sieht meinen Blick auf das Hausgerippe. »Das Stalldach hatte erst ein kleines Loch. Wir haben es nicht mehr geflickt. Erst recht nicht, als Henry dann auch einen Dachschaden hatte. Geht schnell, dass nichts mehr ist, wie es mal war.« Das plappert sie alles aufgeregt und öffnet dabei mühsam die große Scheunentür. »Und hier war das Heu für unsere Schafe«, sagt sie stolz mit einer großen Geste. »Früher. Aber die sind alle gerissen worden.«

»Gerissen?«, frage ich. »Von wem jetzt genau?«

»Na, Henry sagt, hier treibt sich ein Wolf rum. Aber das ist Quatsch.«

Mir ist noch unwohler in meiner Haut als ohnehin schon. Augentechnisch checke ich schnell die Lage, sind aber nur kaputte Möbel, Lampen, alte Schränke, Betten, Vitrinen und Puppenbetten zu sehen.

»Ich muss immer alles aufheben«, sagt Elvira munter.

»Auch von den Nachbarn. Alles, was im Laufe der Zeit auf der Straße stand, ist hier gelandet. Und jetzt, jetzt bist du da.« Sie legt ihren Kopf schief und schaut zu mir hoch. Ich muss an die ausgestopften Tiere denken.

In einer Ecke liegt ein kleiner Stapel grobes Holz, ein Spaltblock und eine blanke Axt. Ich stehe ein bisschen unschlüssig herum.

»Willste mal versuchen?«, fragt Elvira und guckt mich weiter versonnen an. Keine Spur mehr von der taffen roten Dame. Gestern ist mir das nicht aufgefallen, aber jetzt sehe ich, sie hat exakt Peggys Augen. Braunkohleaugen.

»Okay.« Ich platziere ein Stück Holz auf dem Block, hole aus und das Ding fliegt in hohem Bogen durch die Gegend. Ich schau mich um, ob hier irgendwas ist, was nicht nur Schafe, sondern auch Städter reißen will. Aber auch jetzt keine Meldung vom bösen Wolf.

Elvira lacht und zeigt wieder ihre Zahnlücke. »Gib mal her, mein Kleiner.«

Sie hackt das Holz in kleine Stücke. »Kann dir Henry nachher genau zeigen. Jetzt machen wir erst mal hinne, die Kleine wird frieren.«

Als wir ins Haus gehen, hören wir Clara lachen. Ich habe den Arm voller Holz und Elvira öffnet die Tür zur Küche. Clara sitzt mit ihrer schwarzen Jacke über ihrem ausgefransten Brautkleidchen am Küchentisch. Henry versucht umständlich, den Tisch zu decken. Das Radio quäkt.

Er dreht sich um, zeigt auf mich und brüllt: »Weißt du eigentlich, Elvira, dass dein kleiner Ron Robert mir gestern fast den Arm gebrochen hat? Und wegen dem haben wir auch keine neue Oderbruchkönigin!«

»Das war gestern. Heute ist ein neuer Tag. Gleich gibt's Kaffee und Rührei mit Speck«, sagt Elvira geschäftig. »Los, die Männer schmeißen den Ofen an, da könnt ihr euch gleich ein bisschen näherkommen, das hilft.«

Aber Henry ist noch nicht fertig. Er kichert listig: »Eins noch, Elvira, die Kleine hier hat echt Humor. Kaum bin ich durch die Küchentür, meint sie doch Tatsache, meine Pantoffeln würden riechen. Und zwar schlecht.« Er lacht. Eigentlich ist das kein Lachen, sondern so eine Art Husten. Wie bei einer Hyäne, der man einen Witz erzählt hat. Und exakt so sieht er auch aus, wie eine grauhaarige, angezählte Hyäne.

»Ja, gut, Henry, aber dafür muss man keinen Humor haben. Bist ja schon seit Jahren ›der Henry mit den Pisspantoffeln‹.«

Henry stutzt und lacht. Er lacht, bis ihm die Tränen kommen. Wir drei gucken uns an und lachen zögernd mit. Wir lachen, weil Henry sich so hysterisch in die Pisspantoffeln reinsteigert.

Elvira steht auf. »Krieg dich mal wieder ein.« Und zu uns entschuldigend: »Wir haben sonst nie Besuch.«

»Da muss ich wohl öfter mal neben das Klo gezielt haben«, grölt Henry weiter, »aber Pisspantoffeln, das ist wirklich gut ...!«

»Dabei kannste doch eigentlich ganz gut zielen«, sagt Elvira und hängt mit dem Kopf im Küchenschrank.

Mein Blick fällt auf das Jagdgewehr, das in der Ecke hinter

dem Tisch steht. Sieht so aus, als würde der das tatsächlich benutzen. Die toten Tiere im Wohnzimmer stehen da also nicht ohne Grund, denke ich, aber ich warte erst mal ab.

»So, Henry, jetzt werft endlich den Ofen an, ist kalt hier und wir haben Hunger.«

Jetzt merke ich auch, dass mein Magen knurrt. Außer dem Kaffee heute Morgen habe ich noch nichts im Bauch.

Henry hievt sich, immer noch kichernd, aus seinem Stuhl und greift sich eine Krücke. Die ist mir gestern gar nicht aufgefallen. Er schlurft zum Herd, der mindestens hundert Jahre auf dem Buckel hat. Ist ein Riesending mit einer Klappe vorne.

»Na los, Junge, stell dich aber nicht doof an, das kann ich nicht leiden.«

Henry hockt sich auf einen kleinen, niedrigen Schemel. Gekonnt hantiert er mit Holzstückchen und Papier, entfacht ein kleines Feuerchen und ich reiche ihm nach und nach Elviras Holzscheite. Es fängt an zu knistern. Ich bin immer noch in der Hocke. Wir gucken ins Feuer. Wir gucken uns an.

Mit seinen Triefaugen schaut Henry listig und aufmerksam an mir rauf und runter. Rauf und runter. »Willste ein Schnäpschen?«

»Nee, lass mal.« Komischer Vogel.

Am Ofen wird es schnell warm. Als ich mich wieder aufrichte, ist der Tisch schon gedeckt, und die beiden Damen sind leise in ein Gespräch vertieft. War ja klar.

»Wenn die Platten heiß sind, mache ich das Rührei mit Speck«, sagt Elvira und zwinkert mir zu.

Wir sitzen zu viert am Tisch und dann ist Stille.

Der Erste, der das nicht mehr aushält, ist nicht Clara, sondern Henry, der immer wieder »Pisspantoffeln, ich glaub's ja nicht« vor sich hin keckert.

»Jetzt halt mal die Klappe, Henry. Wir haben's alle gehört. Die beiden könnten denken, du hast einen Dachschaden.« Elvira dreht sich zu uns. »Er ist nämlich vor ein paar Jahren vom Dach gefallen, seitdem hat er nicht nur ein kaputtes Bein.«

Dabei tippt sie sich an den Kopf.

»Dachschaden ... das ist gut«, sagt Henry und lacht immer weiter.

»Jetzt zieh die Pantoffeln aus. Am besten, du wirfst die Dinger gleich ins Feuer.«

»Nix da, erst wäschst du sie noch mal. Dann wird's wieder gehen, wirst schon sehen. Und 'nen Dachschaden hatte ich schon vorher, sonst wäre ich ja nicht seit zehn Jahren mit dir zusammen.«

Clara und ich feixen uns an. Was für ein Paar.

Aber Verwandtschaft. Immerhin.

Dann ist wirklich einen Moment Stille. Das Feuer knistert und langsam wird es warm. Clara zieht sich ihre Jacke aus.

Elvira stößt mich an. »Wann kommt Peggy, sag schon? Wann kommt sie, mein Kleiner?« Das »mein Kleiner« scheint ihr Spaß zu machen.

»Weiß ich auch nicht. Vielleicht, wenn die Sonne wieder scheint«, sage ich vage.

»Na, dann wird die was zu hören bekommen. Schickt

euch einfach alleine los. Seid ihr mit der Bahn? Wieso hast du gestern nicht gleich gesagt, wer du bist? Und wo hast du deine deutsche Freundin her?«

Ich habe keine Ahnung, was sie da plappert. Glaubt sie etwa, wenn man in Frankfurt/Oder in einer Neubausiedlung aufwächst, läuft man nur mit polnischen Buddies durch die Gegend?

»Na, wegen Paris«, setzt sie nach.

Ich muss wohl ziemlich blöd gucken.

»Aha, stimmte also gar nicht. Paris war das Letzte, was ich von Peggy gehört habe, dass ihr nach Paris geht. – Und wo wohnt ihr jetzt wirklich?«

Was soll das jetzt – Paris? Aber ich schiebe die Frage erst mal beiseite.

»Frankfurt.« Und mit einer Verzögerung: »Oder. Schon immer.«

Sie nickt anerkennend. »Dieses Luder. Eins muss man Peggy lassen, Durchhaltevermögen hat sie. Frankfurt/Oder. Wo sie es doch hier so schön haben könnte.«

Ich lasse meinen Blick schweifen und stelle fest: Schön ist was anderes. Das hier wäre jetzt kein direkter Aufstieg. Da kann ich Peggy verstehen. So gesehen.

Rührei mit Speck ist dann lecker und Clara und ich schlagen uns die Bäuche voll. Das fühlt sich für einen Moment sogar ein bisschen heimisch an.

Henry und Elvira meckern leise aneinander herum und Clara guckt den beiden neugierig dabei zu. Würde mich mal interessieren, worüber sie vorhin mit Elvira gequatscht hat.

Ich halte mich am Rührei fest und grüble über Paris. Warum ausgerechnet Paris? Das Einzige, was mir dazu einfällt, ist das speckige Plakat vom Eiffelturm in unserer Küche und Peggys Begeisterung bei so verpeilten Songs wie »Oh Schongselysee«.

Aber gesprochen hat sie nie über Paris. Das wüsste ich.

»Wieso eigentlich Paris?«, knalle ich meine Frage endlich auf den Frühstückstisch.

Elvira guckt mich mit zusammengekniffenen Augen an. »Was genau weißt du eigentlich, mein Kleiner?«

»Nichts«, antworte ich wahrheitsgemäß. »Absolut nichts.«

»Und was willst du wissen?«

Clara schaut mich aufmunternd an. Wie einen kleinen Pisser, dem man beim Turnen über den Balken helfen muss. Geht mir das auf die Nerven.

»Auch nichts«, belle ich.

»Ist ja gut, das passt«, sagt Elvira sanft. »Ich weiß nämlich auch nichts. So gut wie nichts.«

Irgendwann merke ich, dass Hyänen-Henry mich aus den Augenwinkeln beobachtet. Unsere Blicke treffen sich in der Mitte der karierten Tischdecke.

»Ist das geladen?«, frage ich und nicke in Richtung Gewehr.

»Na klar ist das geladen, meinst du, das steht hier nur blöd in der Ecke rum?«

Ich muss an die gerissenen Schafe und an das Zimmer mit den ausgestopften Tieren denken. Krass, das Ganze hier.

Wenigstens hält Clara weiterhin die Klappe.

Elvira zupft an meinem Ärmel. »Wollen wir beide mal hochgehen zu Peggy? In ihr Zimmer?« Und schon läuft sie los.

Ich muss mich kurz schütteln, denn für einen Moment sieht auch Elvira aus wie eines dieser ausgestopften Tiere: starr und angestaubt.

Ich stehe auf und schlappe langsam hinterher. An der Tür drehe ich mich noch einmal um, aber Clara und Henry, die kommen schon klar.

Die Treppe hoch, zwei kleine Türen.

Elvira öffnet die rechte Tür und macht eine galante Handbewegung. »Hereinspaziert!«

Ich werfe einen Blick auf die andere Tür: »Und wer wohnt da?« – »Der Ludwig«, sagt sie und ich stoße mir gleich mal den Kopf. Elvira knipst eine Leuchte an und ich bin geblendet. Nicht vom Licht, sondern von der Prinzessinnenatmo. Sieht wirklich aus wie bei Schneewittchen. Aber wie bei ihr im Schloss! So stell ich mir das jedenfalls vor, als Schneewittchens Mutter noch lebte und alles fein und tutti war.

In einer Ecke steht ein stümperhaft ausgestopftes Reh, aber der Rest des Zimmers, holla!

Alles weiß. Schneeweiß wie das Cabrio, an den ich kurz denken muss. Weißer Schrank, weißes Bett, weißes Regal, weiße Bettwäsche, ein weißer, ultraleichter Vorhang. Alles sieht aus, als ob es gleich benutzt wird, oder nein, als ob es noch nie benutzt worden wäre. Es ist kalt, aber es riecht gut. Es riecht nach frischer Luft.

»Ich lüfte jeden Tag, man weiß ja nie«, sagt Elvira.

Ich muss mich erst mal setzen, traue mich aber nicht. Da schiebt Elvira mir den kleinen Plüschsessel hin. Das einzige Teil in dem Zimmer, das nicht weiß, sondern hellrot oder eher so verwaschen rosa ist.

Am Kleiderschrank hängt eine Art Hochzeitskleid, so eins, wie Clara es seit gestern nicht mehr ausgezogen hat.

»Wie in einer anderen Welt«, sage ich leise, und Elvira nickt.

Der Sessel ist viel zu klein für mich und ich sitze da wie ein Affe auf 'nem Schleifstein.

Elvira schiebt den weißen Vorhang, der halb über das Bett drapiert ist, behutsam zur Seite, glättet ihre Schürze und setzt sich auf das Bett.

Nach einer Weile: »Sie war immer anders als die anderen Mädchen hier: dünner, zäher und unheimlich eigensinnig. Und frech werden konnte sie, wenn sie etwas ungerecht fand. Ich weiß nicht, von wem sie das hatte. Von mir jedenfalls nicht. Sie hat nie viel geredet, war immer für sich. Und: Sie wollte immer weg. Als sie noch klein war, hat sie ihren rotkarierten Puppenkoffer gepackt und hat Verreisen gespielt. Von morgens bis abends. Ich habe das nie verstanden, hier ist es doch schön! Aber sie wollte weg, immer nur weg. Ich hatte kein Geld und auch keine Zeit für so was. Ein paar Mal hat der Busfahrer mich angerufen, und dann hab ich sie am Bahnhof eingesammelt, mit ihrem kleinen Koffer. So war sie. Und zur Jugendweihe habe ich dieses Zimmer für sie gekauft. War nicht billig. Irgendwann hat sie sich auch darüber gefreut ... und ich dann eben auch.«

Sie schaut sich im Zimmer um und nickt. »Und dann war sie immer nur noch hier und hat Musik gehört.«

Mein Blick fällt auf den kleinen Gettoblaster auf dem Boden neben dem Bett.

»Soll ich mal?«, fragt Elvira und macht ihn an.

Ein französischer Song mit einer piepsigen Stimme. Ein echtes Peggy-Lied. »Das ist Vanessa Paradis. Die Kleine war mal total berühmt. Jetzt ist sie geschieden und keine Sau spricht mehr von ihr.«

Ich kenne die auch nicht. Aber Elvira wippt mit den Füßen im Takt. »Und dann war wie jedes Jahr Anmeldung zur Oderbruchkönigin. Ich habe sie einfach mit in die Liste eingetragen, damit sie hier mal rauskommt. Peggy wollte erst nicht, aber urplötzlich fand sie die Idee doch ganz schau.« Elvira lacht. »In diesem Kleid da hat sie gewonnen. Haushoch. Und sie war so stolz. Hab ich genäht, aus einer alten Gardine. Sieht man gar nicht, oder?«

Ich schüttle langsam mit dem Kopf. Ich kann gar nicht mehr aufhören, strunzblöde mit dem Kopf zu schütteln. Mein Blick fällt auf das *Bravo*-Poster über ihrem Bett. Klar, auch diese Vanessa Paradis. Sie lächelt und man sieht eine Zahnlücke.

»Irgendwie sah sie sogar ein bisschen aus wie diese Kleine da. Klein und dünn wie ein Reh. Nur ihre Lücke ist im Laufe der Jahre zusammengewachsen. Ich hab meine immer noch, guck!« Elvira fletscht die Zähne und zeigt mir ihre Zahnlücke. »Steh ich auch zu! Und dann war Peggy plötzlich weg.«

»Und ich? Wo war ich?«

»Noch nicht ganz da.« Und nach einer Pause: »Hör zu, mein Kleiner, sie war noch nicht einmal siebzehn und alles lag noch vor ihr. Alles. Und plötzlich hat sie jeden Morgen gekotzt. So war das.«

»Und?«

»Nichts und. Ich habe einen Termin gemacht ...«

»Wie – Termin?«

»Na, zum Wegmachen! Da ist sie nicht hingegangen, sondern einfach abgehauen, das kleine Biest. Nach Berlin in dieses Mutter-Kind-Heim. Sie hatte ja noch nicht einmal ihren Abschluss – von wegen Paris«, murmelt sie leise hinterher.

Ich kann nicht ganz folgen, sage aber erst mal nichts.

»Ich würde es heute nicht anders machen, das kannste mir glauben«, faucht sie mich plötzlich an. »Ich war *auch* siebzehn, als Peggy kam. Da war nix mehr mit tanzen gehen und so, aber zu meiner Zeit gab's ja auch die große, weite Welt noch nicht.« Ihre Stimme wird leise: »Aber Peggy wollte dich von Anfang an. Und weißte was, Kleiner, wenn ich dich so ansehe, ist's auch gut so. Richtig gut.«

Sie schaut mich an und schnieft. Hoffentlich heult sie nicht, denke ich, das fehlte mir noch. Aber sie versucht, mit einem etwas verrutschten Schwung aufzustehen, richtet sich kerzengrade auf, schaut mich direkt an und sagt: »Ich hab's versaut, richtig?«

»Könnte sein«, sage ich.

»Und, was machen wir jetzt? Was meinst du, Kleiner?«

Ich stehe langsam auf und sage: »Dieses ausgestopfte Reh da, das sollte mal auf Vordermann gebracht werden, da waren bestimmt schon die Motten dran. Das wird ihr nicht gefallen.«

Elvira lächelt, schnieft laut und sagt: »Hast recht, das wird ihr nicht gefallen. Da bessert Henry noch mal nach.«

Als wir die enge Treppe hinuntergehen, dreht sie sich zu mir um, schaut mich aber nicht wirklich an. »Wie geht es Peggy eigentlich, was macht sie?«

»Aushilfe an der Tanke.«

Sie dreht sich schnell weg und geht jetzt etwas langsamer, atmet kurz auf. »Verstehe«, sagt sie leise, und in ihrer Stimme ist ein ganz neuer Klang. Dann schüttelt sie sich, streift ihre Kittelschürze glatt und drückt die Küchentür auf. »Ihr bleibt doch zum Mittagessen oder?«, fragt sie und dreht sich nicht zu mir um.

»Ich denk schon.«

»Dann ist gut.«

Elvira stürzt gleich in die riesige Speisekammer neben der Küche und rumort rum. Clara und Henry sitzen genau noch so da, wie sie vorhin saßen. Auf dem Küchentisch liegt das Gewehr. Henry streichelt das Ding, als wäre es sein Kind. So wie Clara guckt, könnte es auch ihr Baby sein.

»Is 'ne Baikal Kippflinte«, sagt Henry.

»Geladen?«, fragt Clara, und keinen von beiden interessiert auch nur die Bohne, dass Elvira und ich wieder hier sind.

»Ich hab die Patronen immer in der Tasche«, sagt er und klopft auf seine speckige Cordhose.

Clara guckt skeptisch und schon fummelt Henry eine Patrone raus. Ist ein ziemlicher Oschi.

»Hier ist das Anzündhütchen.« Er zeigt auf irgendwas, was ich nicht erkennen kann, kippt das Gewehr nach unten und steckt die Patrone rein.

»Kann ich mal halten?«, fragt Clara fasziniert.

Henry guckt sie aufmerksam an. »Das fehlt noch. Erst mal sowieso nicht und zweitens, so wie du gebaut bist, schon mal gar nicht, Kleine.«

Clara sinkt ein bisschen in sich zusammen und wird blass. Das war eindeutig der falsche Text. Merkt Henry aber nicht.

Elvira steht mit einem Berg Kartoffeln im Arm in der Küche und meckert: »Küchentisch abräumen, jetzt wird geschält!«

»Nu mach mal halblang«, sagt Henry und bringt seinen Schatz trotzdem schnell in Sicherheit, bevor sie ihm die Kartoffeln einfach draufknallt.

Elvira verteilt Schälmesser, und Clara und ich fangen an zu schälen, jeder in seine Gedanken vertieft. Clara ist immer noch blass.

Henry schält nicht, sondern wienert seine Flinte mit dem speckigsten Etwas von Taschentuch, das ich je gesehen habe. Ich hatte auch schon mal welche in meinem Materiallager. Aber unbenutzte! Die gingen nicht weg, da habe ich sie der Bushäuschenkaiserin gegeben. War meine erste größere Lieferung an sie. Sie hat sich so gefreut, dass ich mich gefühlt habe, als hätte mir jemand was geschenkt. Komische Sache war das.

Zack – nicht konzentriert – schon habe ich mich in den Finger geschnitten, und Henry, dessen Hyänenaugen trotz der Flintenputzerei nichts verpassen, klatscht mir das Taschentuch auf die Finger. Jetzt kriege ich bestimmt eine Blutvergiftung. Entweder vom Messer, den Kartoffeln oder vom Taschentuch. Oder von allem.

»Dünner schneiden, Kinder«, kommandiert Elvira. Sie zeigt uns ihre Kartoffelschale. »Da muss das Licht durchschimmern! Und du Henry, hock nicht rum, wir brauchen neues Holz zum Kochen.«

Henry dreht die Hyänenaugen wie Lottokugeln, steht aber trotzdem mühsam auf. »Komm mal mit, Kleiner«, sagt er zu mir, und ich bin froh, dass ich den restlichen Kartoffeln entkommen kann.

Clara hat fast wieder ihre normale Gesichtsfarbe, guckt aber irgendwie starr.

Draußen im Flur packt Henry mich an der Hand. »Ich hab drüben noch ein bisschen Holz gebunkert, das nehmen wir. Muss Elvira ja nicht wissen.«

Irgendwie weiß ich sofort, wo drüben ist.

»Meine Tierchen brauchen's nämlich warm, sonst reißt das Fell.«

Bevor ich entscheiden kann, ob mir die Kartoffeln doch lieber sind, öffnet Henry vorsichtig die Tür zum Tote-Tiere-Zimmer und schleicht rein, als hätte er ein Verbrechen vor.

»Mein Reich«, sagt Henry.

Bingo, denk ich, deshalb sieht er auch wie eine Hyäne aus. Der alte Henry ist ein Aasfresser. Ich starre auf den blutigen Klumpen.

»Ich ziele, treffe, ich zieh die Haut ab, gerbe, pass auf, dass sie nicht ranzig werden, und bau die Viecher nach. Dann mach ich ein schönes Foto, setz sie ins Internet und verkauf sie. Ich bin ein Künstler, glaubt mir hier nur keiner. Braucht Wissen, ein gutes Auge, 'ne ruhige Hand und Kunstverstand. Wenn du mal wiederkommst, zeig ich dir, wie's geht. Oder machst du dir ins Hemd, Kleiner? Guckst nämlich so.« Er knurrt leise. »Okay, ich werf den Rest mal aufs Feld.«

Henry ist kurz verschwunden.

Eigentlich interessiert mich immer, wie Leute ihr Geld verdienen: an der Tanke, als Fahrer, mit Flaschensammeln. Aber dieser Job hier, der ist irgendwie krass. So krass wie die Typen im Krimi, die an den Maden erkennen, wie lange jemand schon tot ist. Das ist definitiv nichts für mich.

Wer will schon Tiere totschießen? Ich jedenfalls nicht. Wozu gibt's Kaufhallen? Da liegen die totgeschossen, klein geschnitten und abgepackt rum.

Ist auch gut so.

Henry kommt wieder rein und gibt nicht auf. »Mir hat das keiner gezeigt. Aber als ich mit dem ersten Reh zu Elvira nach Hause kam, hat sie geheult, dass das die Augen von ihrer Peggy sind. Da hab ich's doch nicht übers Herz gebracht, es als Gulasch zu verarbeiten. Damit hat's vor zehn Jahren angefangen – und jetzt hab ich schon einen Namen: Büschelsträuber-Präparator, musste mal googeln.«

Wieder mustert mich ein Hyänenblick, aber mir fällt immer noch kein schlauer Satz ein, den ich dem crazy Büschelsträuber sagen könnte. Stört ihn auch kein bisschen. Er redet einfach weiter.

»Ich musste 'ne Menge Bücher durchackern, und das, obwohl ich sonst nur die Anzeigen in der Zeitung lese.« Dabei fährt er langsam mit dem Zeigefinger eine imaginäre Buchzeile in der Luft nach und seine Augen gehen übertrieben von links nach rechts. Ich sage immer noch nichts und stehe wie angenagelt rum.

Er schüttelt sich und reicht mir einen Scheit nach dem anderen seines geheimen Holzstapels, den er neben dem Ofen gebunkert hat. »Gerade mach ich ein Eichhörnchen. Willste mal sehen? – Willste also nicht. Red doch mit dem alten Henry, der versteht alles.«

Bevor ich kotze, drehe ich mich um und bring Elvira die Holzlieferung in die Küche. Ich habe keinen Hunger mehr. Gummibärchen wären jetzt gut. Die gehen immer.

Beim Essen sagt niemand ein Wort. Clara isst auch kaum was. Aber Elvira und Henry hauen richtig rein. Danach haben die beiden aber so was von abgebaut.

»Ich leg mich mal 'ne kleine halbe Stunde hin«, sagt Elvira. »Und dann koch ich euch einen ordentlichen Kaffee.« Sie wartet unsere Antwort gar nicht ab, schon ist sie verschwunden.

Draußen ist es neblig geworden.

Henry sitzt wie ein Indianer auf der Bank, haut sich noch zwei Schnäpschen hinter die Binde, und danach dauert es keine Minute, da ratzt er weg.

Wir starren aus dem Fenster. Jeder für sich. Es ist, als ob der Nebel auch in uns hineinkriecht und sich schwer auf unsere Zungen legt.

Plötzlich greift Clara nach Henrys Schnapsflasche, trinkt einen großen Schluck, schüttelt sich angewidert und sagt leise: »Draußen schleicht jeden Tag ein Wolf um den Hof und sucht nach den Resten von Henrys Kadavern, die er immer aufs Feld wirft. Heute war's ein Eichhörnchen.«

»Wer sagt das?«

»Was?«

»Na, das mit den Wölfen.«

»Na, Henry.«

»Hier gibt es keine Wölfe. Der hat dich verarscht«, sage ich und merke, dass mein Stresszeiger wieder arbeitet.

»Hat er nicht«, sagt Clara.

»Und woher willst du das so genau wissen?«

»Ich weiß es eben. Außerdem geht es um *einen* Wolf und nicht um ein ganzes Rudel, Ron Robert. Entspann dich.«

Ich könnte schwören, dass sie wieder ihr drittes Auge auf die Stirn gemalt hat. Aber da ist nichts. Nichts. Nur zwei grüngelbe Augen, die mich abgedreht angucken.

»Lass uns draußen auf ihn warten«, sagt sie, während ich versuche, meine Atmung zu beruhigen.

»Und dann?«

»Irgendjemand muss es machen«, flüstert Clara. Als sie rausfährt, packt sie Henrys Flinte.

Ich bleibe, wo ich bin, fange an zu schwitzen und sage mir noch mal: Quatsch, hier gibt's keinen Wolf. Hat Elvira auch gesagt. Ich kann also genauso gut rausgehen und mir mit Clara den Arsch abfrieren.

Sie steht noch im Flur, hält die Flinte fest umklammert.

Mit der anderen Hand nimmt sie ein Fernglas vom Haken. Als würde sie hier wohnen.

Inzwischen liegt der Nebel schon auf dem Boden, wie eine schwere Wattedecke. Nur ganz oben ist der Himmel klar, als hätte jemand die Scheibe abgewischt.

Mir ist flau im Magen.

Clara rollt vor, ihr Brautkleid flattert. »Jetzt komm schon, du Feigling, das Biest wartet nicht!«, ruft sie und dreht sich zu mir um.

Und wieder dieses Schattenspiel aus Tomatenrot und Leichenblass. Und dieser irre Glanz auf ihrem Gesicht. Sie sieht aus wie eine Punklady auf Droge. Total unheimlich.

Ich bleibe wie angewurzelt in der Tür stehen. Ich kann mich nicht bewegen. Von hier führt eine dünne blutige Spur durch den Schnee nach draußen, die sich irgendwann im Nebel verliert. Clara steht da draußen im Nebel und sieht aus wie ein Eisgeist. Aber die Flinte auf ihrem Schoß, die ist da.

Das Mädel muss doch frieren!

»Ich frier nicht«, zischt sie, ohne den Kopf auch nur einen Millimeter zu bewegen.

Das kann nicht sein, die friert doch immer. »Clara, was ist los mit dir?«

»Sei endlich still, du machst alles kaputt.«

Soll sie reden, ich hole ihre Jacke und ein Glas Wasser gegen den Schnaps.

Ich drehe mich um und sehe in der Scheibe der Eingangstür eine Bewegung. »Tu's nicht!«, brülle ich, aber ich bin zu spät.

Der Knall macht mich taub. Mit einem Satz bin ich bei Clara. Das Gewehr liegt neben ihr. Keine zehn Meter vor uns liegt das riesige Tier und der Schnee färbt sich rot. Es hebt den Kopf und sieht mich an. Normalerweise schwebe ich, ich, Ron Robert, als Fleischbrocken in irgendwelchen Sphären rum und konzentriere mich, nicht runterzufallen, weil unten die Wölfe lauern, die Drecksäcke. Mit aufgerissenen Mäulern und roten Lefzen lauern sie darauf, dass mich die Kraft verlässt.

Dieser Wolf hier sieht anders aus. Er gehört nicht zu meinen Verfolgern. Er lauert auch nicht. Er sieht traurig aus, verletzt und irgendwie unverstanden. Der stirbt gerade. Was für eine Scheiße.

Das hier ist anders als in jedem Albtraum von mir. Ganz anders.

Der ... der ... sieht aus wie ich.

»Heb das Gewehr auf. Der lebt noch.« Henry ist da.

Ich bücke mich.

Henry drückt mir zwei Patronen in die Hand. »Nachladen, Junge.«

Ich kippe den Vorderlauf, fummle die Patronen rein.

Plötzlich steht Elvira neben Henry. »Gib her die Flinte.«

Aus dem Augenwinkel sehe ich, wie das Tier versucht, sich aufzurichten.

Ich schieße.

Das Tier jault auf und fällt um.

Das Schweigen ist wie eine Wunde.

Da fängt Clara an zu schreien.

Sie schreit und schreit und hört nicht mehr auf. Wie ein Stein fällt sie in den Schnee, ganz steif, als wäre die Totenstarre des Tieres auf sie übergegangen. Sie liegt da im Schnee und schreit immer weiter, bis sie nur noch wimmert. Ich hebe sie hoch. Sie ist immer noch ganz steif. Aufgerichtet stehe ich da, mit Clara in meinem Arm.

Dann wirft sie den Kopf hin und her: »Ich habe es ... nicht mal richtig getroffen ... zu nichts zu gebrauchen ... zu gar nichts ... Das Tier kann doch nichts dafür ... das wollte ich nicht ... ich wollte nur wissen ... so ein Gewehr ... zu fühlen, so ... dass ich auch noch was ... IRGENDWAS Wichtiges machen kann!«

Irgendwann ist Clara still, ihr Kopf legt sich an meinen Kopf. Auf meine Mundwinkel trifft etwas Salziges. Ich weiß nicht, ob es mein Augenwasser ist oder das von Clara.

Wovon werde ich jetzt träumen?

»Du riechst, Ron Robert«, sagt sie leise mit einer ganz neuen Stimme. »Du riechst nach Holz.«

Nach einer kleinen Weile rieche ich Henrys Schnapsfahne. Elvira steht immer noch da, stumm und im Nachthemd.

Henry legt Clara seine Hand auf den Kopf: »Ist gut, Mädchen, ist gut. Wir begraben ihn. Wir begraben den Hund.«

FÜNFZEHNUHRFÜNF

Der Bus hält und die mittlere Tür geht auf. »Rückfahrt geht aufs Haus!«, brüllt der Busfahrer nach hinten, als ich Clara reingehoben habe.

Er pfeift etwas, was ich nicht kenne, und scheint richtig gute Laune zu haben.

Wir sitzen. Clara schaut aus dem Fenster. Ich gucke nirgendwo hin.

Der Busfahrer pfeift immer noch. Clara pfeift mit, ganz zart und erschöpft. Wie ein kleiner Vogel.

»Wer ist denn jetzt dein Vater, Ron Robert?«

Ihre neue Clarastimme legt sich wie warmer Schnee um meine Schultern. Genau so würde es sich anfühlen, wenn es den geben würde. Warmen Schnee. So leicht.

Ich sage erst mal nichts und sehe mich noch einmal in dem Zimmer meiner Mutter. Elvira sitzt auf dem Bett. Sie stellt die Musik an, und da ist das Stimmchen der Sängerin und diese Melodie, die ich irgendwann schon einmal gehört habe. Sie vermischt sich mit dem Pfeifen von Clara und dem Fahrer.

Ich habe sie sicher schon mal gehört. Nur wann, das weiß ich eben nicht mehr.

© Martina Hansson

Andrea Badey

Andrea Badey, geboren und aufgewachsen in Oberhausen; nach einer Ausbildung zur Stenotypistin Schauspielstudium in Hamburg. Es folgten Auftritte an Stadt- und Staatstheatern und freien Bühnen sowie ein Engagement am Berliner Kabarett Die Distel. Die Autorin, Schauspielerin, Kabarettistin und Sängerin lebt mit ihrer Familie in Köln.
www.andreabadey.de

Claudia Kühn

Claudia Kühn, in Ost-Berlin geboren und im Erzgebirge aufgewachsen. Nach einer Berufsausbildung an der Medizinischen Fachschule in Dresden studierte sie an der Humboldt Universität in Berlin Germanistik und Kulturwissenschaften. Seitdem schreibt sie Drehbücher, Hörspiele und Romane (unter anderem die Bücher *Türkisch für Anfänger*). Claudia Kühn lebt mit ihrer Familie in Berlin.
www.claudiakühn.de